El

javier vayá albert

peso de lo invisible

Autor: Javier Vayá Albert (c) 2014
Prólogo: Pablo Cerezal (c) 2014
Ilustraciones : Luisa Navarrete (c) 2014
Diseño y maquetación Alacena Roja (c) 2014

Primera edición Junio 2014
www.alacenaroja.com

Depósito legal edición impresa MU-674-2014
Depósito legal edición digital MU-676-2014

ISBN-13: 978-8494244148
ISBN-10: 8494244140

El peso de lo invisible

Alacena

roja

Edición digital

TM

HÉROES POR UN DÍA

Alguna noción tengo de lo que ha de ser un prólogo. Me alcanza la cordura para comprender que se trata de un escrito tendente a ensalzar las bondades de la obra literaria que le sigue (si es que de literatura hablamos, claro). Así que, aun sabiendo que esta no es la mejor manera de acometer un prólogo, proclamo aquí y ahora haber venido a hablar de mi libro… o al menos de mis obsesiones, que al fin es lo mismo.

Ante un volumen literario como el que nos ocupa, tan cuajado de oníricos aciertos e innegables cualidades, no debería quien pretende prologarlo hacerlo ondeando la bandera de lo propio. Pero, lo lamento: tras la intensa lectura de El Peso de lo Invisible, me siento impelido a rememorar una historia que en muchas ocasiones he repetido pero que no por ello deja de apasionarme.

Al tema: allá por finales de los años 70 del pasado siglo, un demacrado físicamente (adicción a la cocaína) David Bowie, arrastraba sus quijotescos fantasmas por calles y cafés del Schöneberg berlinés. Acompañaba tales paseos, cual Sancho Panza espídico, un exacerbado Iggy Pop. El caso es que Pop, dejando a Bowie, en su departamento, entregado a veleidades psicodélicas de alto voltaje, decidió pasar la nochevieja de uno de aquellos años en busca de un alto voltaje menos pasivo. Y recaló en un garito de mala muerte en que un nutrido grupo de aguerridos punks había construido, en mitad de la sala, un muro de cartón simbolizando aquel otro muro de ladrillo y cemento que separaba el Berlín oriental del occidental. Cuando la hora bruja arreció con sus campanadas de año nuevo, los jóvenes punks arremetieron contra el falso muro allí construido para entregarse, momentos después, a un comunal abrazo no exento de fragantes lágrimas. Incluso los punks lloran. Y la violencia de ningún movimiento juvenil alcanzará nunca la de cualquier mínimo mandato político, no lo olvidemos.

Creo ir comprendiendo, a medida que los relojes van esbozando la deteriorada sonrisa de la parca, que son las pequeñas revoluciones del día a día, esas batallas incruentas en que nos enredamos los humanos para mejor afirmarnos como seres sensibles y extrañados ante el mundo, el único heroísmo posible en estos días sin huella que nos ha tocado vivir. Así lo comprendieron los jóvenes punks del Berlín dividido, y no tuvieron reparo en descoser el trapo macho de su revuelta clandestina en un reguero de lágrimas hembra derramadas por la libertad sustraída. Luego, Bowie, haciendo acopio de sentido y sensibilidad, escribió Heroes, aquel mítico tema en que unos amantes separados por la idiocia política de entreguerras unen sus labios a los pies del muro de la infamia. Un tema que bien podía haber sido inspirado por los punks berlineses a quienes Pop observó reventar, con su osamenta de imperdible y esperanza, aquel otro muro simbólico. Bowie puso letra al ritmo desacompasado de toda una generación, recordándonos que podemos ser héroes... aunque sea sólo por un día.

Igual Javier Vayá, punk de la palabra y la sensación, en este volumen que el lector tiene (para su propia fortuna) entre las manos.

No es cuestión baladí que el autor comience este volumen de relatos y poemas con el certero ...just for one day de Bowie. De hecho, El Peso de lo Invisible puede catalogarse (si es que alguien precisa aún este tipo de artimañas) como un delicioso surtido de heroísmos breves, sucintas osadías, atrevimientos fugaces, en que el autor arriesga su cordura y el sosiego del lector con un apabullante inventario de extrañezas en cuya otredad reside el mínimo heroísmo de estar vivo y saberlo.

Cuando digo extraño, aludo a la etimología más profunda del término, la que nos recuerda que lo extraño es lo extranjero, lo distinto, lo inesperadamente diferente de la norma establecida. Así, pasean las páginas de la prosa de Vayá esquizofrénicos que hacen del mundo de los cuerdos su particular frenopático, asesinos a sueldo que enfrentan la peor de sus pesadillas tras dar muerte al amigo por cuestiones laborales, fantasmas que regresan a la vida para copular con la mujer ajena y desprestigiar el sentimiento amoroso, revolucionarios decepcionados tras la derrota en la revolución del deseo, lobos que descubren que el hombre es un lobo para el hombre, padres frustrados porque los hijos que no tienen olvidaron su tarta de cumpleaños, jóvenes que pierden la cordura por no ser descubiertos en el juego del escondite, artistas que regresan del más allá para dotar a su obra de la vida que ellos ya perdieron, monstruos a quienes alimentan aquellos que ya renunciaron a la ilusión de alimentar una vida normal, amigos que suplantan identidades para descubrirse suplantados por el amigo que marchó, amantes que escriben su amor en las paredes de la ciudad para recordarnos que sin amor no hay ciudad, ni país, ni nación, ni vida...

Todo un recorrido de extrañezas y extranjerías, ya digo, que nos recuerdan lo acertado de la lírica de aquel Bowie berlinés. Porque en lo cotidiano habita lo ajeno, y sólo comprendiéndolo podremos ser héroes, aunque sea por un día.

Y Vayá se erige, en esta su puesta de largo literaria, en héroe cotidiano que, sin abandonar lo anómalo, lo curioso, eso que muchos dan en llamar freak, nos acerca al corazón de las verdaderas revoluciones, ese cuyo latido conoce tan bien todo aquel que en algún momento de su vida se haya sentido perdido. Resbalamos en las historias que trenza la pluma certera de Vayá con cierto temor ante lo que nos espera al fondo del abismo, sí, pero no hacemos esfuerzo alguno por evitar la caída.

Y, como contrapunto perfecto a sus relatos, el autor desangra sobre el papel rítmicos versos de arritmia sentimental, cauces en que se vierte el poema para descubrirse derrotado por la vida, atropellado por el tiempo, dañado en su línea de flotación por el inevitable terror de descubrirse igual al resto, no tan distinto, no tan diferente, en nada extraño, para nada extranjero. Nuevamente amanecen los héroes en los poemas de Vayá, aunque no tengan que utilizar ahora disfraz de fantasma o licántropo. A la cotidianía temblorosa de lo extraño en sus relatos, le responde como un eco la fantasía dolorosa de lo cotidiano en sus poemas. Poesía democratiza-dora (de verdad, no en el sentido político) de los senti-mientos, labrada en imágenes inolvidables y ritmos im-perecederos. La voz poética del autor, músculo y caricia, mordisco y saliva, orgasmo y fusil, ya es una gesta en sí misma.

Héroes, a uno y otro lado, en delicioso contrapunto, en el verso y en la prosa, en este sinfónico volumen que cualquier alma sensible sabrá degustar como si de una deliciosa copa de vino se tratase, con medidos pero intensos sorbos que despertarán en él todo un panegíri-co de aromas, texturas y memorias de aquel día en que ellos mismos llegaron a ser insignes hacedores del mila-gro de estar vivo.

Termino el párrafo, vuelvo a él, y reconozco haberme equivocado. Leer a Javier Vayá no es cómo tomar una copa de vino, más bien se asemeja a escuchar uno de esos L.P's del Duque Blanco en que un sinfín de seres alienados por su propia existencia descubren la heroica victoria de lo cotidiano, logrando apreciar, al fin, El Peso de lo Invisible.

Habrá lectores que no conozcan a Bowie, o no les in-terese su música. No importa, afortunadamente tienen entre sus manos un delicioso volumen de portentosa literatura, éste que nos regala Javier Vayá. Y, leyéndolo, pueden ser héroes... aunque sólo sea por un día.

Pablo Cerezal

"*Yo vi siempre el mundo de una manera distinta, sentí siempre, que entre dos cosas que parecen perfectamente delimitadas y separadas, hay intersticios por los cuales, para mí al menos, pasaba, se colaba, un elemento, que no podía explicarse con leyes, que no podía explicarse con lógica, que no podía explicarse con la inteligencia razonante.*"

Julio Cortázar

"*... Los hombres me han llamado loco; pero todavía no se ha resuelto la cuestión de si la locura es o no la forma más elevada de la inteligencia, si mucho de lo glorioso, si todo lo profundo, no surgen de una enfermedad del pensamiento, de estados de ánimo exaltados a expensas del intelecto general. Aquellos que sueñan de día conocen muchas cosas que escapan a los que sueñan sólo de noche...*"

Eleonora
Edgar Allan Poe

"Quiero llorar porque me da la gana,

como lloran los niños del último banco,

porque yo no soy un hombre ni un poeta ni una hoja,

pero sí un pulso herido que ronda las cosas del otro lado."

Poema doble del lago Eden
Federico García Lorca

"El Poeta es igual a este señor del nublo,

Que habita la tormenta y ríe del ballestero.

Exiliado en la tierra, sufriendo el griterío,

Sus alas de gigante le impiden caminar."

El albatros
Charles Baudelaire

Este libro está dedicado a Begoña, compañera de viaje, de amor y de vida.

Y también a las otras tres mujeres de mi vida; mi abuela, mi madre y mi hermana, que quizá nunca sabrán cuanto las quiero.

Quiero dar las gracias especialmente a Juan Picó que me enseñó que lo importante de los sueños no es alcanzarlos sino perseguirlos.

Y gracias infinitas a Luisa Navarrete por hacer posible lo imposible además de bello. A Pablo Cerezal por la generosidad y hermandad de tinta. A Demián Ortiz, Borja Donoso y Babel Estudio por el regalo de su arte. A Cristina Rausell por el empujón definitivo. A Jordi y César, hermanos y Dioses. A Carlos, Alberto, Germán, Javi y Rosi y a todos los amigos, los que por cualquier razón todavía están y los que ya no. A Víctor del Árbol y a José G. Codornié, Álex Portero, Maica Bermejo, Vicente Muñoz Álvarez, Adriana Bañares y el resto de Perdidos que encontré. A todos los lectores, amigos y seguidores del blog Actos invisibles y a la fantástica gente de las redes sociales e Internet. Y a ti, desconocido, por elegir este humilde libro.

Dioses

Dedicado a mis hermanos Jordi, Picó y César

…just for one day…

Ese enjambre de ilusiones

perdido en un recodo del tiempo.

Ese sutil universo olvidado,

empecinada y caprichosa memoria.

Hubo un momento glorioso

un fugaz instante, tal vez,

en el que fuimos Dioses

reyes absolutos del abismo colectivo.

Una suerte salvaje

un delirio perfecto

un rapto a la muerte

Exquisito manjar de nombres

que acabaron donde todo

lo que ha sido devorado.

Con el manto incierto

de una inocente arrogancia

habitamos un olimpo privado

y fabricamos contra la vulgaridad

corazas de vino y palabras.

Porque sé que hubo un segundo

áureo y majestuoso

en el que fuimos Dioses

sé que lo hubo.

Vietnam

Era todo marea de cerveza

conversaciones de tres de la mañana

sorteando alambradas de lluvia

de pasos travestidos de casualidad

rondando lentos tu portal

la escuela, el mercado y la fábrica

hombres con dedos manchados de derrota

madres acusadas de soledad

el tedio de la merienda de las 6

el hombre del saco del futuro

y las películas de Vietnam

con una música tan cojonuda

que no éramos capaces de creer

eran libros prestados

con emoción de contrabando

el sueño húmedo de carcajada

musas etéreas de humo ilegal

susurrando primerizos versos

era todo un atlas infinito de calles

dispuestas a abrazar nuestra insolencia

 abuelos que todavía conservaban

el recuerdo empañando sus ojos

telarañas del miedo de cuarenta años

y las películas de Vietnam

el olor a Napalm por la mañana

señores muy serios prometiendo

cosas que parecían importantes

girar el pomo de una puerta

tras la cual no volverías a ser el mismo

comprobar que la muerte es tan puta

que acepta a cualquier cliente

la piel ajena prohibiéndose cada vez menos

la propia diferencia aceptándose de a poco

y las películas de Vietnam

con las que aprendimos que los malos

no siempre son quienes nos cuentan

y que no siempre ganan

por mucho que nos lo parezca

Perdidos

Saben del verbo impuro

y por ello magistral

conocen el contorno exacto

de la herida que cercena

con sonrisa de cicatriz velada

este mundo y los demás

Son conscientes del pacto

sellado en incipientes madrugadas

con tinta sanguinolenta de alcohol

profetas de la ebriedad del verso

furioso en la trinchera abismal

de lo urgente de la pluma hincada

en el fango de la sociedad

del nervio hechicero que maneja

a su antojo luz y formas fugaces

supervivientes del descrédito

de naufragios colectivos cotidianos

vidas en la penumbra habitantes

perdidos entre torres de babel

locos erosionados de cordura

al sur de los tambores de la sinrazón

poseen la palabra hermética furibunda

inconsciente y exacta y generosa

jugando entre las ruinas

del spleen establecido entre esquinas

artesanos de lo indescifrable

que viaja escrito en el viento

capaces todavía, con la resaca de la lucidez

de invitar a su mesa al semejante

de vislumbrar el dorado arrebatado

a través del horizonte de miasma mandataria

Por qué detesto los paraguas

Un paraguas es un escudo

 absurdo y estrafalario

frente a la pureza del cielo

un fusil melancólico

apuntando a la poesía

un bastón afilado

horadando nuestras huellas

un artefacto diabólico

en manos de señoras

sedientas de coleccionar ojos

un paraguas es un destino

injusto de papelera

la coartada de un regreso

un remedo de seta urbana

la tiranía de un objeto inerte

otra extremidad extraña

una coraza descorazonadora

una empalizada íntima

espantapájaros grotesco

enemigo de la sinfonía fugaz

que forman las gotas de lluvia

al cubrir de perlas tu cuerpo.

Final de la noche

Podría ser —porque la memoria es selectiva— cualquier terraza en cualquier bar en cualquier plaza de cualquier ciudad europea. Podría ser Praga o París si acaso a ella le importara lo más mínimo, si la diferencia pudiese significar alguna cosa sustancial a estas alturas. Un lugar como cualquier otro en el que encender un cigarrillo largo y anacrónico y contemplar con indiferencia —a pesar de que la noche ya ha completado su forma exacta — a través de sus enormes gafas de sol el trasiego de jóvenes parejas ocupando alegres las mesas desperdigadas, la ruidosa algarabía de los grupos de amigos, el despistado júbilo de los turistas, el peso compartido del silencio de algún matrimonio maduro. Mientras juguetea con dos dedos sobre el pie de su copa de vino se sabe a su vez observada, inevitable blanco de miradas furtivas, el hastío del deseo que su presencia va dejando sin apenas querer, como una tarjeta de visita que se cae distraída del bolso o la cartera. Justo cuando un par de hombres están a punto de decidirse y hacen ademán de levantarse, aparece a su lado la figura alta, esbelta y atildada del hombre del traje blanco que deposita sus labios en la mejilla pálida y ofrecida de forma cortés pero demasiado distante por ella.

— Tan hermosa como siempre, chérie, lo tuyo es sobrenatural. — afirma el hombre mientras se sienta con elegancia frente a ella.

— Maldita sea, Pierre — responde ella sin poder ocultar el nacimiento de una sonrisa delatora —. Sabes que conmigo no hace falta que malgastes tu repertorio de halagos.

— Sabes que contigo no gasto halagos, confirmo hechos. — Pese a lo galante de la frase Pierre la pronuncia visiblemente molesto, ella lamenta por un segundo haber sido tan cruel pero es consciente de no poder evitarlo.

— Ha pasado mucho tiempo, ¿Cuánto hace? — retoma Pierre recobrando de inmediato su jovialidad.

— Demasiado, hace demasiado tiempo que de todo hace demasiado tiempo —.responde ella con aire cínico y distraído.

— Esa frase no es tuya, chérie, pierdes facultades. —Aprovecha él para devolver el golpe.

— Será de alguna canción idiota, qué importa. Sí cielo, pierdo facultades y la memoria me juega malas pasadas, ¿qué esperabas a nuestra edad?

El aire nocturno comienza a tornarse frío, en las mesas contiguas parece haberse depositado una sensación indefinida y unánime, una especie de desánimo o de tristeza fugaz e inesperada. La camarera apenas es capaz de resquebrajar el gélido silencio instaurado al servir a Pierre su copa de vino. En algún lugar cercano alguien araña torpes notas a un inevitable violín devolviendo sin saberlo al mundo a su ritmo natural.

— Pareces triste y cansada, ¿qué ocurre chérie, para qué me has llamado?

— La palabra que no te atreves a pronunciar es harta, y la respuesta que esperas y no por ello deja de ser cierta es porque quería verte. Simple de nuevo, lamento defraudarte.

— Pues si querías verme no entiendo por qué estás tan a la defensiva y en cuanto al hartazgo es normal, a todos nos pasa, son etapas.

— No, Pierre, no lo entiendes, tú nunca entiendes nada. En el fondo eres un niño, un niño complacido que sigue disfrutando de todo esto.

— Queda eso o convertirnos en unos...

— ¿Amargados? vamos cariño puedes decirlo, a estas alturas nada puede dolerme ni hacer que me sienta insultada. — interrumpe ella con aquella irónica sonrisa que le provoca una pequeña arruga en la comisura de la boca, esa que Pierre conoce tanto y le resulta tan atractiva.

Un gato interrumpe su búsqueda de limosna al llegar junto a ellos, eriza el lomo y se pierde corriendo calle abajo.

— Berlín. — dice él sonriendo ladinamente tras beber un largo trago de su vino. Las cejas arqueadas de ella hacen que saboree este resquicio de triunfo que acaba de conseguir.

— La última vez que nos vimos, Berlín, tú, yo y aquel Nazi tarugo.

— El oficial que creía haber descubierto a dos judíos escondidos, pobre imbécil. — Recuerda ella con lo más parecido al concepto de iluminación que permite su macilento rostro.

— Y el resto de su patrulla, fue una gran noche, la verdad. — Sin embargo Pierre descubre que la sombra vuelve a habitar en la mirada de la mujer.

— Últimamente me cuesta mucho recordar lo inmediato y sin embargo el pasado remoto no cesa de atormentarme. Sí, recuerdo Berlín como también recuerdo Boston o Tokyo. Será que me hago vieja o que me ha nacido una repentina conciencia. — Ella habla mirando hacia algún punto indeterminado entre farolas lejanas, como si algún fantasma la esperara paciente bajo ellas.

— Es solo cansancio, chérie, un hastío comprensible, pero sabes que el viejo Pierre puede solucionarlo. La noche es joven y nosotros también podemos serlo si tú quieres. — Él no quiere dejarse amedrentar por la amargura de ella, le acaricia la mano que es un bloque de hielo inerte.

Nada más pronunciar esas palabras se produce otro efecto extraño en el resto de clientes del bar que hasta ahora se habían sentido atraídos de manera tan inexplicable como irresistible por esa pareja madura que parecían estrellas de cine. De pronto, quizá por efecto de la tenue luz o al mirarlos mejor, la pareja se le antoja a cada uno de los presentes mucho más joven de lo que habían creído en un principio. Mucho más jóvenes y hermosos e infinitamente mucho más atractivos. Hombres y mujeres tratan en vano de disimular el singular efecto que este hecho les produce.

— Querido Pierre, qué me propones, ¿nos vamos juntos a algún hotel? ¿Elegimos algo de compañía? Mira aquella pareja de allí, parecen tan tiernos, jóvenes y guapos. Por favor estoy tan cansada de estos jueguecitos. — La amargura ha dado paso al sarcasmo y el desprecio, las facciones de ella cobran una dureza casi insoportable de sostener con la mirada, varios corazones en varios pechos próximos se rompen al unísono. El de Pierre es demasiado duro para eso, pero aun así el rasguño que siente es suficiente, algo que hace demasiado tiempo que sabe que no puede permitirse.

— Si después de tantos años me has llamado para humillarme, será mejor…

— Te he llamado para despedirme, para decirte adiós definitivamente. — Interrumpe ella de nuevo, esta vez con un tono tan neutro como indiferente. Comienza a levantarse ante la atónita mirada de Pierre que se pone en pie a su vez, ella deposita sus labios sobre los de él en un beso que parece contener toda la tristeza del mundo, un dolor enquistado de siglos. Después le acaricia la cara con una sonrisa franca e inicia el gesto de marcharse.

— Espera, yo… te quiero, te he querido siempre —acierta a balbucear un Pierre confundido tratando de sujetarla por el brazo —. Quédate Carmilla.— Es la primera vez que pronuncia su nombre en lo que le parecen eones.

— Yo también, chérie, pero sabes que quererse no es suficiente, no al menos para los que son como nosotros.

Se aleja con paso firme y decidido por el mismo camino que anteriormente eligió aquel gato, su marcha produce una sensación ingrata en el alma de los presentes, una desazón molesta y algo lejana. Ella se pierde a través de callejuelas cubiertas y mal iluminadas desoyendo las proposiciones lujuriosas de algún Don Juan rezagado, la propuesta obscena que disfraza la súplica de una prostituta demasiado joven no solo para el oficio sino también para el lugar y la hora. La noche va insinuando su amenaza de madrugada dejándose devorar lentamente por el comienzo del día como una amante perezosa que va cediendo poco a poco a las caricias de su amado.

Busca el lugar apropiado, de pronto vuelve a reconocer la ciudad, recuerda el final de aquella estrecha y todavía oscura calle que se abre a otra plaza, una muy conocida con una fuente mítica presidiéndola. Los primeros y débiles rayos de sol forman una telaraña iridiscente justo donde la calle y la oscuridad mueren y el cielo y la luz nacen de nuevo, ella avanza recordando a Anita bañándose en esa misma fuente delante de Marcelo, la última vez que algo la conmovió profundamente. Baja los escalones ajena al dolor provocado por cientos de aguijones de fuego que generan pequeños y humeantes agujeros negros en sus blancos brazos, se desnuda y penetra en la fuente, siente el efímero alivio del agua hasta los muslos, los pies descalzos sobre miles de deseos hundidos con formas de plata y oro. El olor a incendio próximo alarma a los primeros comerciantes y últimos noctámbulos mientras ella alza triunfal las doloridas manos, mojándolas en la suave cascada, dispuesta a despojarse de un cansancio de siglos, llora al ver de nuevo el sol en toda su plenitud, implacable dios a punto de aceptar tan bella ofrenda. La carne y la piel se han desintegrado, ya tan solo es un esqueleto carbonizado que pronto será ceniza ensuciando el agua, el rastro efímero de una hermosa y hastiada inmortalidad inmediatamente olvidada.

Rincones de la ausencia

Te recorro, nostalgia infinita

lamiendo las heridas del tiempo

fiel reflejo de mi fracaso

entre las callejuelas indolentes

que forman la ciudad del recuerdo.

Te reconozco, fiel melancolía

como un amigo que siempre vuelve

como un sueño que jamás termina

de desvanecerse...

Te abrazo, tristeza, amante eterna

con la que sin razón aparente

vuelvo a sucumbir entre tus piernas

a besar tus pechos de amargura

a llorar por un dolor vano e invisible

más antiguo que el mundo.

Me pierdo irremisiblemente

como un nómada ciego

entre los rincones de esta fantasmal ausencia

de la que ignoro los contornos

e incluso si en algún momento

vistió el disfraz de la presencia.

Suite

Bailan

aferrados el uno al otro

las manos con complejo de garra

tan lento que se diría

que apenas se mueven

pero bailan

eternos y decadentes

la cara pálida

apoyada

en la macilenta tez

y la música es casi un rumor

de presagios olvidados

un adelanto del pasado

la prórroga de un mañana

que por fin no llegará

Bailan

conscientes de su extinción

ajenos al derrumbe de paredes

al bostezo de telarañas ilustres

 a las victorias de las grietas

Bailan

desprovistos del plúmbeo

acarrear de siglos

de la recompensa de la sangre

de la golosina del sexo

Bailan

dibujando con sus pasos

las líneas arcanas

de un final apoteósico

que no se reflejará

en los mugrientos espejos

1973

Un bostezo vertiginoso sacude las calles

mientras un ejército indolente de cadáveres

recorre esta ciudad malsana y hedionda

Nadie formula las gastadas respuestas

porque las preguntas quedaron huérfanas

los héroes borrachos se masturban

frente a un espejo resquebrajado

—no tienen tiempo para esto—

 en un edificio de Madrid

la libertad y la justicia son torturadas

por nuestro propio bien.

Las aceras tienen hambre y me muestran

de manera obscena sus fauces

Soy el último loco que escribe tu nombre

en paredes derruidas

Grafiti de sangre que grita una nada muda

Recorro un laberinto gastado y sucio

buscando una aurora indigna en la

que depositar mi fe

Mientras los portales mojados me susurran

cual decrépitas rameras fórmulas olvidadas

lecciones ininteligibles de un pasado baldío

Soy el último loco que escribe tu nombre

bajo la terrible destrucción de un Dios

demasiado familiar y reconocible.

grafiti de sangre que grita e implora

los últimos vestigios de 1973.

13

Se dijo a sí mismo que no había razón para ponerse nervioso. Trató en vano de ignorar el escalofrío que le recorrió la espalda como un relámpago de hielo en cuanto el botones del hotel pulsó el número 13 en el panel del ascensor. No es que fuese supersticioso, jamás lo había sido, más bien la vida, los hechos, le habían enseñado a huir de aquel número maldito como de la peste. Y ahora estaba allí, la cita era ese martes, 13 de Enero a las 13:00 horas en la planta 13 del Hotel. Una broma macabra de la que no habría participado de no verse obligado. Estaba seguro de que se trataba de una prueba absurda de su psiquiatra antes de darle el alta definitiva que pudiese reincorporarlo a la sociedad. Mientras el ascensor subía lentamente no pudo evitar rememorar lo que le había llevado a esta situación y como el número 13 había estado siempre presente en todas sus desgracias.

Tenía 13 años cuando sus padres murieron en un terrible accidente de tráfico y sus tíos tuvieron que ocuparse de él. Trece eran los miembros de la pandilla del colegio que le hicieron la vida imposible durante varios años. Trece los trabajos horribles entre los que había tenido que ganarse el pan a lo largo de su vida, trece las editoriales que habían rechazado publicar su libro, 13 el número del portal de la casa que compró y desapareció engullida entre las llamas de un terrible y extraño incendio, 13, contándole a él, los pocos supervivientes del accidente de autobús que le destrozó la pierna y trece las veces que pasó por quirófano sin que pudiesen curarle la cojera.

Los números rojos le indicaron que todavía se encontraban en la séptima planta, su angustia iba creciendo en proporción al número de pisos que iban dejando atrás, sentía un frío intenso pese a que no dejaba de sudar mientras observaba la indolente nuca del botones tan estúpidamente ajeno a lo que estaba a punto de provocar. Se aflojó el nudo de la corbata que le presionaba como una soga en el patíbulo. Si se tratara tan solo de eso, una vida más o menos igual de adversa que la de la mayoría marcada por alguna coincidencia macabra con el dichoso número, nada por lo que dejarse llevar por supercherías y maldiciones de feria. Eso pensaba, a pesar de todo, hasta aquella noche trágica de hacía ahora exactamente trece años.

Creyó haber vencido a sus miedos y a su mala suerte cuando se casó con una mujer a la que amaba y vivieron unos pocos años felices en la casa del lago que ella tenía en mitad de un encantador y apartado valle. Durante ese tiempo creyó que podría ser feliz, al menos tan feliz como una persona normal. Pero un día trece al anochecer escuchó unos ruidos extraños en el piso de abajo donde su mujer preparaba la cena mientras él escribía. Pronto aquellos ruidos como de golpes se tornaron gruñidos y alaridos sobrehumanos, presa del pánico agarró su escopeta y bajó las escaleras, tropezó cuando la luz se apagó y, entre las tinieblas pudo distinguir como su mujer estaba siendo atacada por una sombra enorme cuyas fauces brillaban en la oscuridad. Al notar su presencia aquella cosa se lanzó contra él.

Trece veces fue capaz, en plena lucha desesperada de disparar la escopeta hasta que el animal dejó de atacarle y huyó tambaleándose, trece horas duró con vida su mujer una vez en el hospital en el que él tuvo que estar trece meses convaleciente de las trece heridas que en la pelea le propinó aquella bestia. Trece veces le negó la policía que hubiese rastro de animal alguno en la casa o los alrededores, trece también fueron las veces que le animaron a confesar que había intentado matar a su mujer con el machete que ella llevaba en la mano y que seguramente le había arrebatado para defenderse, trece fueron los años a los que le condenaron a pasar recluido en una institución para enfermos mentales peligrosos.

"Recluido" pensó con sorna cuando el ascensor alcanzaba la décima planta. El desasosiego que se había ido apoderando de él era ahora asfixiante, sintió que sus músculos se tensaban como si estuviesen a punto de estallar, la mirada comenzó a nublársele mientras la ropa parecía oprimirle tanto que tuvo que arrancársela a tirones. Justo cuando un timbre anunció que habían llegado al piso 13 la luz de todo el edificio se apagó.

Trece colmillos blancos brillando en la oscuridad fue lo que el botones juró a la policía haber visto justo antes de desmayarse, trece dentelladas mortales, según el forense, recibieron el psiquiatra y los otros doce miembros del tribunal médico que se encontraban en la terraza del ático del hotel. Trece testigos afirmaron que

habían visto a un enorme lobo por aquellas inmediacio-
nes.

Insomnios

Hay noches en que no puedo dormir

se me desvela un desvelo

se me duerme una duda

o me despierta el torpe ajetreo

que se forma en la cocina

cuando algún Ángel Caído

prepara el café y una historia

lo suficientemente digna

Hay noches en que no puedo dormir

mi sueño y mi vigilia se tiran los trastos

y mi almohada ya no pasa consulta

o el cadáver irrespetuoso de Peter Pan

viene a mostrarme sus respetos

acompañado de hadas malhabladas

Hay noches en que no puedo dormir

mis sueños, los muy cabrones,

se empeñan en levantar la falda

a mis pesadillas despavoridas

o me despierta el sonido del árbol

cayendo en el bosque vacío

con su duda de ruido contagiada

a mis poemas no leídos

Hay noches en que no puedo dormir

cuento exiguas ovejas negras

se me insinúa la madrugada

pierdo mis metáforas por la cama

y se me despierta la terrible certeza

de que al día siguiente como ahora

tendré que meterle mano

a cualquier cosa improvisada.

Hecho (Americana)

Hacía tres semanas que no tenía noticias de El Búlgaro y comenzaba a impacientarse. Aquel motel asqueroso se le caía encima. Las cortinas raídas y acartonadas se le antojaban fantasmas ridículos, las manchas del techo, de un color innombrable, parecían adquirir cada día formas distintas e indescifrables y la sucia moqueta daba la impresión de albergar debajo algo con vida. El Búlgaro le había dicho que sería cosa de un mes o dos, hasta que lo de Mickey se enfriara. Se lo había dicho mientras depositaba esos dedos rollizos y repletos de anillos de oro en su hombro, un gesto que era lo más parecido a una demostración de afecto que alguien como El Búlgaro era capaz de permitirse.

De modo que allí estaba, en algún agujero del maldito Albany. Ni siquiera había salido del estado — él que había soñado con playas de arena dorada como la piel de las chicas en escueto bikini — y tenía la sensación de encontrarse en una especie de universo alternativo. Al principio se había dicho a sí mismo que llevaría bien eso de esconderse y desaparecer por un tiempo, más aún tras lo de Mickey. Después de todo él era un jodido Samurái, eso es lo que era, y había hecho cosas por las que un hombre normal enfermaría solo de pensarlas.

Pero nunca se había enfrentado a la rutina. Los días dejaban a su paso un calor pegajoso y allí no había absolutamente nada que hacer. Se tiraba las horas sentado frente a la televisión, emborrachándose a solas. A veces salía a fumar y contemplaba la piscina común, desierta si no fuera por la presencia de la dueña del motel, una mujer con mucha más edad de la que creía aparentar, teñida de un rubio que dañaba los ojos y una sempiterna colilla en la comisura de los agrietados labios rojo Pasión Salvaje. Aquella mujer se dejaba caer todos los mediodías en una de las hamacas exhibiendo un anacrónico bañador con motivos de leopardo. Quizá pensaba cazar algún marido entre los pocos clientes, quizá solo dejaba pasar el tiempo como él o tal vez rezaba con todas sus fuerzas para que ocurriese un pequeño milagro en forma de tornado que arrasara con ella y con el motel de una vez por todas.

El resto de clientes no pisaba la piscina. Nadie en su sano juicio se instalaría en aquel infecto montón de mierda para disfrutar de unas vacaciones. Todos ellos estaban de paso, sombras fugaces de mirada huidiza que venían a cerrar tratos oscuros, encuentros sexuales prohibidos y urgentes, algún sitio bajo techo (por cochambroso que fuera) en el que dormir una noche antes de proseguir su huida...todos eran como él, fantasmas ajenos a la cordialidad y las preguntas con el tácito acuerdo del silencio cómplice en los ojos.

Sabía que no debía dejarse ver demasiado, pero algunos días que tenía la sensación de que si seguía un minuto más encerrado se volvería irremediablemente loco le pedía prestadas a la dueña las llaves de la vieja

Dodge del 66 y conducía hasta el pueblo. Allí solía sentarse en la cafetería esperando que la camarera latina le trajera la comida acompañada de sus deliciosas curvas y algo de conversación. Llegaba pronto y se marchaba antes de que el lugar se llenara de parroquianos con más hambre de curiosidad que de otra cosa. Luego daba una vuelta andando, quizá compraba el periódico, alguna revista, comida y alguna botella que le hiciese compañía en las largas jornadas entre las mugrientas cuatro paredes.

Pero sin duda lo que más le gustaba era acercarse a ver jugar a los chavales en la cancha callejera de Baloncesto. Se sentaba en un banco un poco alejado, encendía un pitillo y observaba como aquellos chicos se dejaban la piel en el juego. Había uno en concreto que le recordaba a Mickey cuando tenía su edad. Era igual de flaco y alto y se escurría como una anguila entre los contrarios para dejar la pelota en el aro con un suave golpe de muñeca. Claro que tanto a ese muchacho como a los demás les faltaba la actitud pendenciera y la arrogancia que él y Mickey gastaban en las calles de Brooklyn, tan necesaria para hacerse respetar entre aquellas moles negras que con trece años ya imponían hasta a la pasma. Pero no a ellos dos. Él y Mickey. Maldita sea parecía que hubiesen pasado siglos, parecía otra vida que alguien le hubiese contado. El muy idiota de Mickey.

Porque claro, luego estaban las noches. Y las noches eran horribles pese a que él no quería reconocerlo. Las noches eran la cara sonriente de Mickey. Las noches eran despertarse empapado en sudor. Las noches eran

Mickey asintiendo con un cigarro entre sus pocos dientes, diciéndole que lo hiciera, que lo comprendía. Las noches eran la repetición del hedor de aquel piso con colillas, papel de plata y jeringuillas por el suelo. Las noches eran un grito ahogado antes de nacer por las propias lágrimas. Las noches eran recordarse a sí mismo como un mantra en qué se había convertido Mickey y el peligro que suponía para todos. Eran la sorprendente facilidad del gesto tan mecánico, lo vulgar del leve suspiro del silenciador, la estúpida convicción de que en aquellos ojos fijos antes tampoco quedaba nada de su amigo. Las noches eran verse de nuevo desde fuera, contemplar cómo sus manos temblaban nada más guardar el arma como amputadas de una seguridad natural, lo mucho que le costó marcar el número desde el móvil y decir la palabra que confirmaba el trabajo. Aquella que tantas veces había dicho y ahora parecía empeñada en aferrarse a su garganta negándose a ser pronunciada:

"Hecho"

Lo poco que dormía lo hacía empuñando de manera inconsciente la pistola y su primer gesto al despertar era sustituirla por alguna de las botellas que velaban sus pesadillas desde el hediondo suelo. Así transcurrían las semanas sin que El Búlgaro diera señales de vida llamando al teléfono del motel o enviando a alguno de sus esbirros a buscarle para liberarlo de una maldita vez de aquella situación que comenzaba a parecerle infinitamente peor que cualquier condena a la que un juez pudiera sentenciarle.

Cada vez frecuentaba con mayor asiduidad el pueblo. Dejaba pasar las horas en la cafetería fantaseando con la posibilidad de marcharse bien lejos una vez tuviera todo el dinero por lo de Mickey. Se decía a sí mismo que todo lo que le ocurría era porque se estaba haciendo viejo y volviéndose un sentimental y eso en su negocio era lo mismo que estar muerto. Había entablado una muy buena relación con María, la camarera, y había decidido invitarla a marcharse con él.

Al caer la tarde se acercaba a la cancha de Baloncesto para ver jugar a los chicos. Comenzó por devolverles el balón cuando este salía despedido del campo de juego y pronto se vio a sí mismo dando sugerencias y lanzando un par de tiros. Solía quedarse un rato más con el chico que le recordaba a Mickey, dándole instrucciones para perfeccionar su juego pero sobre todo indicándole cómo debía colocar los codos para recoger un rebote y dejar un recuerdo en la cara del adversario o cómo sujetar por la camiseta o dejar caer la mano en el lugar exacto. El chico parecía disfrutar poniendo en práctica esas enseñanzas, aprendía rápido y sus ojos se iluminaban como los de Mickey cuando le escuchaba absorto bebiendo sus palabras.

Mickey, el verdadero, seguía asomándose a sus sueños. Pero estos eran cada vez más apacibles, solían ser recuerdos que tenía casi borrados de cuando eran adolescentes o imágenes de un Mickey limpio y tranquilo mirándolo con su eterna sonrisa desde algún lugar luminoso. Sí, se estaba volviendo un viejo cursi. Si lo pudieran ver ahora sus compañeros de fechorías sentado en una hamaca junto a la piscina, aceptando plácidamente una cerveza de la dueña del motel y escuchando las historias sobre su tercer marido, charlando amigablemente en la cafetería con algún paisano sobre el mejor cebo para pescar salmones o tonteando pacientemente con María sin habérsela llevado todavía a la cama. Si pudieran verlo, se decía, seguramente se mofarían de todo aquello, de la pasión que ponía en cada partido de los chicos.

Ya casi era de noche cuando encendió un cigarro y se sentó en el banco junto a la cancha mientras el muchacho que le recordaba a Mickey rebuscaba en su bolsa de deporte una toalla. Miró aquel cielo que hasta hacía poco tanto repudiaba y por primera vez se dio cuenta de que quizá podría acostumbrarse a aquello. Quiso creer que tal vez era cierto eso tan trillado de las segundas oportunidades y la capacidad de redención, qué diablos, se dijo, por qué no, se preguntó.

Escuchó un ruido leve y familiar a su lado y al girarse vio la cara grave del chico que le recordaba a Mickey. Fue tanta la sorpresa al ver la sangre brotando de su pecho y tiñendo de rojo oscuro su camisa que casi no le dolió. Ya en el suelo sintió como el cielo se resquebrajaba encima suyo y todavía tuvo tiempo de esbozar una sonrisa sarcástica al ver al chico marcar un número desde el teléfono móvil y decir simplemente:

"Hecho"

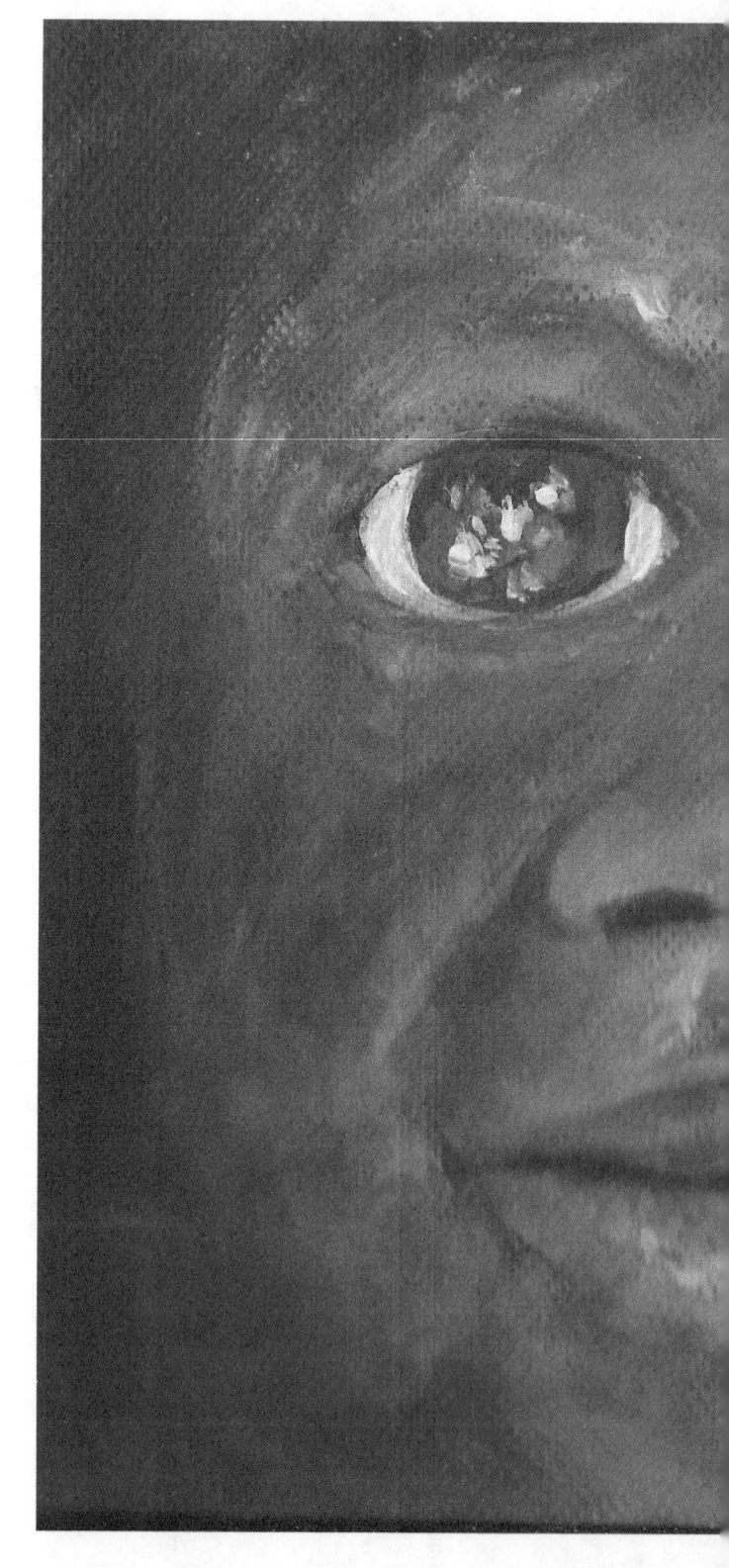

Mercaderes del miedo

Alzan la voz los mercaderes del miedo

con su lealtad de fango

negocian los porcentajes de sangre

los datos de horror permitido

la cuota de desolación per cápita.

Trafican con la mentira

los mercaderes del miedo

inventan discursos ambiguos

se disfrazan con la dignidad del asesino

discuten la inmensidad de su propio abismo

manejan la cifra exacta de la desesperación

los mercaderes del miedo.

Se alimentan del hambre ajeno

se regodean como los cerdos

entre la miasma de las almas condenadas

y enseñan las fauces henchidas de ruindad

con el pútrido aliento del poderoso.

Los mercaderes del miedo

señalan con el dedo siempre hacia afuera

son los dueños del insulto y la moral

en partes exactamente proporcionales.

Torturan los sueños y persiguen las ideas

fagocitan la libertad de pensamiento

parece que a veces también tienen miedo

los mercaderes del miedo.

Se sienten inmunes los mercaderes del miedo

al fin y al cabo ellos inventaron el juego

pero sus sucios oídos sordos les impiden

escuchar el rumor que se levanta en las calles

anunciando que pronto llegará el momento

en que ya nadie les compre su mercancía.

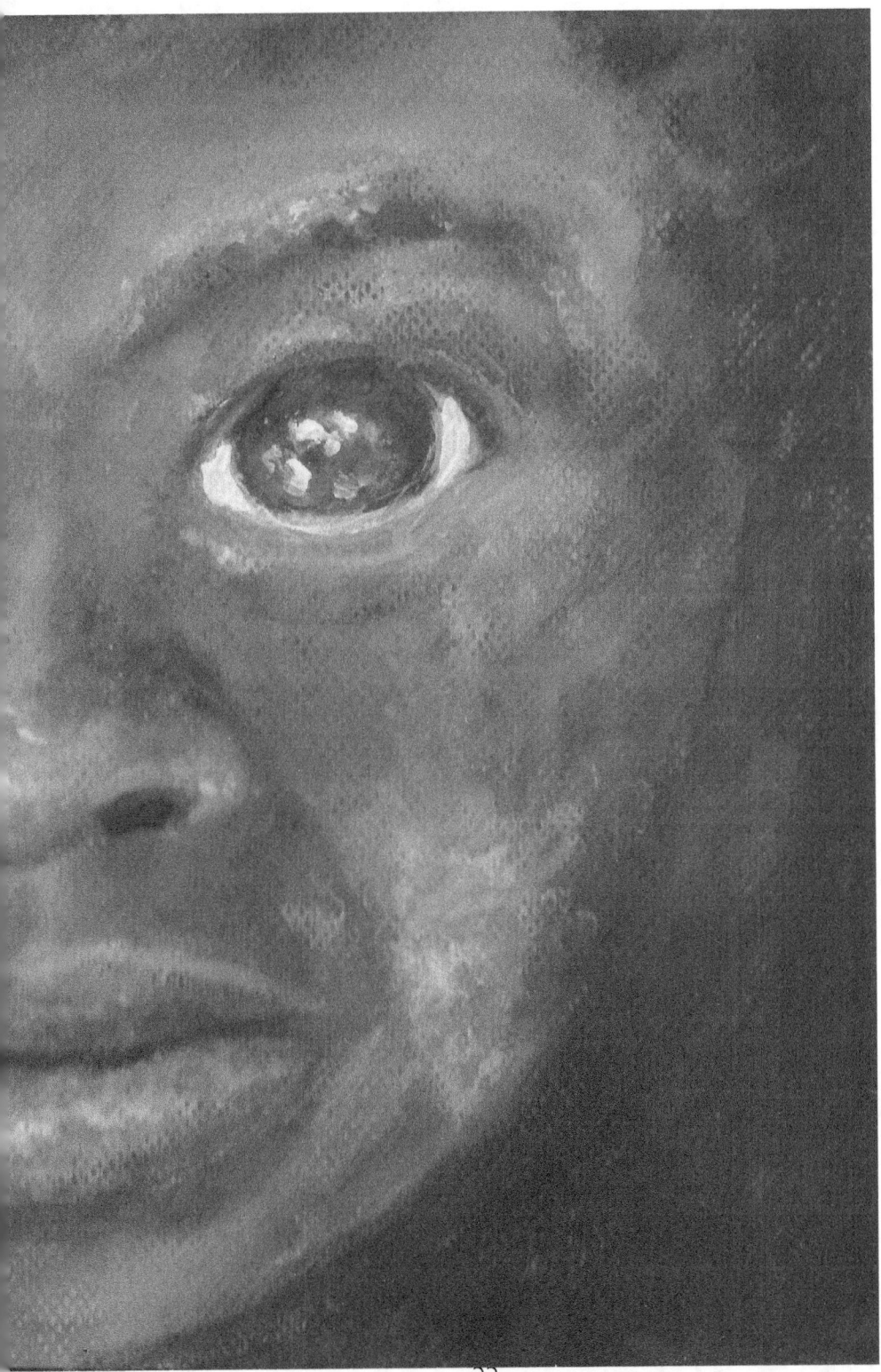

La fuerza de la costumbre

Lo peor no fue la extraña aparición de aquella cosa, duende o espíritu absurdo y deforme en nuestra casa. Somos gente abierta y tras los primeros sobresaltos, una vez el pánico se fue asentando, nos acostumbramos a su presencia desnuda por el pasillo, sus extemporáneas apariciones tras las cortinas y el ya clásico truco de encontrarlo bajo la cama.

Incluso cuando se corrió la voz entre nuestras amistades nuestra casa se convirtió en el centro neurálgico de las fiestas de sociedad de la ciudad organizando distinguidas veladas de exótica diversión sobrenatural.

El problema llegó cuando sorprendí a Lola, mi mujer, anhelando la llegada de aquella cosa. La escuchaba suspirar en la cama y levantarse a medianoche bajo cualquier pueril pretexto, descubrí con repugnancia como sus ojos se empañaban de deseo ante aquel ser horripilante. Cuando los encontré abrazándose desnudos encima de la lavadora me marché sin más.

Ocurre que algunas noches en las que me siento solo me da por rondar la casa y no puedo evitar entrar a escondidas y pasearme desnudo por ella, una manera estúpida de reivindicarme y querer recuperar a Lola que me mira abrazada al monstruo con una mezcla de terror y repulsión.

Mi mejor poema

Es entonces, cuando me acerco, fantasma,

a tu oído y recito sucios versos

e inhalo tus derramados suspiros

y dejo que mi boca conduzca

el deseo desde tu cuello hasta tu ombligo

y mi lengua, serpiente ciega, recorra

el sabor de incendio de la piel

del interior de tus piernas

hasta hallar delicia de refugio

hundiéndose en tu húmeda madriguera

Y tú te transformas en delirio prodigioso

te doblas y arqueas en eterna ofrenda

y ensayas con tus labios un grito mudo

para contener entero al hombre

y eres de nuevo otra, tú multiplicada,

mutada ya en perversa amazona

que me cabalgas con salvaje dulzura

a través de relámpagos de magia

para cambiar de inmediato,

ya derretida y lánguida, dadora de luz,

me dedico minuciosamente a explorar

la geografía perfecta de tu desnudez

la albura inconexa de tu espalda

el olor de madreselva de tu pelo

pegado a la nuca por el sudor

sopeso con rigor científico

el tamaño de tus pechos con mis manos

mientras tus caderas se curvan en respuesta

y comienza mi turno como jinete

al mismo tiempo que abres tu boca sedienta

y volvemos a hacer de nuestras salivas

la mejor de las alquimias posibles.

Es entonces cuando estoy seguro

de haber escrito mi mejor poema.

Ciudad de lobos

(notas para un cuento)

Me resulta tan absurdo todo esto que me sucede ahora mismo, todo esto que me ocurre por tu culpa. Caminar por la calle escuchando vagamente el sonido de las sirenas, entregar de manera despreocupada mi documentación en los innumerables controles rutinarios, deambular pensando solamente en ti, ignorando el toque de queda, como si no acabara de salir de una reunión clandestina, como si no me fuera la vida en ello. Descuidando todas las necesarias precauciones.

Acudir a esa reunión rememorando el sabor de tu piel, escuchar el maravilloso discurso de Mauricio sobre el poder del miedo como de pasada, sin dejar de pensar en tu cuerpo, rehuyendo la mirada cómplice de Mauricio, su súplica de apoyo. Repartir el café y los folletos sobre la resistencia como desde fuera mientras trato de adivinar cuándo será la próxima vez que vuelva a verte.

A esto me has rebajado, de profesor y activista revolucionario a suerte de adolescente enamorado y embobado.

Pero tú te ríes cuando te hablo de revolución, como una niña caprichosa a la que no le importan las aburridas cosas de los mayores. Te desnudas de manera estudiadamente distraída y dices que no todo es tan malo. Y haces que el niño sea entonces yo, un niño feliz y despreocupado que solo quiere morir entre tus piernas. Y más tarde enciendo un cigarro y observo desde la ventana como los camiones del ejército patrullan las calles. Tú te vistes y me dices que pienso demasiado y te marchas dejándome un cuándo y un dónde de carmín en la boca. Consiguiendo que te odie y que me odie.

Y todo se desintegra en algo que no es aquí, ni ahora, pero que de alguna forma extraña continúa siendo nosotros. Un nosotros sucio y malsano, que los dos nos hemos encargado en contaminar.

Luego transcurren las semanas, tal vez los meses sin que sepa nada de ti y trato de concentrarme en la lucha. Mauricio está entusiasmado, dice que cada vez somos más y con más fuerza, que el pueblo cada vez cree menos en sus mentiras y está dejando de tener miedo. Asegura que ya se muestran los primeros síntomas de debilidad del régimen. Sin embargo continuamos sin saber nada del exterior, hace 20 años que nadie que no pertenezca al gobierno ha cruzado los muros y las alambradas ni para entrar ni para salir. Mauricio dice que no necesitamos para nada a la comunidad internacional pero yo no estoy tan seguro.

Entonces de pronto apareces. Abro la puerta y estás allí en mitad de la lluvia con el vestido de fiesta desgarrado y el rímel en triste competición con tus lágrimas por alcanzar la comisura de tus labios que se esfuerzan en vano en dibujar una sonrisa de payaso. Sé que vienes de uno de sus bailes de gala y que no me dirás qué te han hecho esta vez esos cerdos. Me abrazas prometiéndome que esta vez te quedarás conmigo y yo quiero creerte, por encima de todo lo único que deseo es creerte. Más tarde, fumamos abrazados y desnudos en la cama mientras el sonido de las sirenas se mezcla con el desgarrador aullido de los lobos. Aquel canto espeluznante y cruel que envuelve la ciudad cada noche de pánico, tristeza y desolación. Parecen tan reales, susurras mientras tu cuerpo se estremece contra el mío como si quisiera atravesarlo y ocupar su espacio y valoras con la mano mi nueva erección. Yo te hablo de manera idiota y pedante sobre Goebbels, del miedo como mejor forma de represión, de lo cercano del triunfo de la revolución, hasta que tu boca juguetea con mi pene y cual hechicera de lasciva alquimia conviertes mi discurso en torpe y primitivo jadeo animal.

Ignoro cuántos días pasamos sin salir de casa ni casi de la cama, comiéndonos, bebiéndonos sin importarnos el mundo exterior hasta que me veo obligado a atender la enésima llamada de Mauricio. Hemos ganado, dice. Se van, añade.

Salimos cogidos de la mano al júbilo infinito de la calle, nos dejamos engullir por la alegría del gentío que derriba estatuas, descorcha botellas de Champagne, se abraza y canta proclamas. Ya no hay patrullas, ni tanques. Los altavoces se han silenciado, no hay redadas ni palizas a plena luz del día, nadie pide la documentación ni emite discursos sobre el bien común y la seguridad de todos. Frente a las alambradas y los muros derribados se concentra una multitud expectante. Un silencio esperanzado pesa en el ambiente como un sueño aguardando ser liberado. No sin esfuerzo conseguimos abrirnos paso hasta quedar frente a lo que antes fueron los grandes portones de entrada a la ciudad. Allí me fundo en un fuerte abrazo con Mauricio que está tan exultante que no le importa verte de nuevo conmigo.

Con un gesto le invito a dar el primer paso. Le seguimos nosotros dos e inmediatamente detrás la multitud vitoreando su nombre. Andamos varios metros embriagándonos del aroma del bosque en la noche, guiados por una pletórica luna llena tan hinchada que parece a punto de parir bendiciones. Entonces a través de los murmullos y las voces se escucha el primer aullido. El segundo corta el silencio a la vez que un zarpazo una garganta. Cuando queremos darnos cuenta ya están encima nuestro, cientos, miles, gigantescos y hambrientos. Lo último que puedo ver es tu rostro mirándome. En él, sorprendentemente no hay miedo, tan solo una profunda decepción

La caza

En cuanto tuve la edad suficiente mi padre comenzó a llevarme de caza. Solíamos ir a un bosque no muy lejano y allí mi padre me iniciaba en los secretos de este deporte, aprendí a seguir un rastro, a diferenciar y proteger a las crías, a despreciar el trabajo vil de los furtivos. Eran jornadas maravillosas de conexión entre padre e hijo y poco a poco fui convirtiéndome en un experto en tan noble arte.

Recuerdo una fría aunque soleada mañana en la que mi padre y yo caminábamos siguiendo el rumbo de un riachuelo con las armas en posición de descanso. Habíamos dejado la camioneta a unos pocos metros, en un claro, y no llevaríamos ni una hora de caminata cuándo escuchamos unos crujidos en lo alto de un terraplén. Con un gesto mecánico ambos empuñamos nuestros rifles apuntando hacia arriba y pudimos observar cómo se movían unos matorrales cercanos. Mi padre me hizo un gesto con la mano indicándome que nos separáramos y que cada uno subiera por un lado con el fin de acorralar a la posible presa, de modo que subí por un pequeño y abrupto sendero mientras observaba como mi padre hacía lo propio por el otro extremo hasta que lo perdí de vista entre los árboles. Nada más llegar a lo alto escuché unos pasos próximos y con sumo sigilo me acerqué hacia el lugar desde el que provenía el ruido, de inmediato me encontré frente a frente con la presa. Se trataba de una hembra todavía joven pero que se notaba que ya había tenido crías, sin duda un magnífico ejemplar, esbelto y orgulloso. Apunté a la cabeza y cuándo mi dedo índice estaba a punto de empujar hacia atrás el gatillo, algo me detuvo.

No sabría decir exactamente qué fue, pero sus ojos, azules, intensamente vivos, se clavaron en mí y me invadió una sensación extraña, como de culpabilidad. Sentí que aquel animal tenía la certeza, clara y diáfana, de lo que iba a suceder, que era totalmente consciente de su destino. Un disparo resonó en el silencio del bosque y la presa cayó abatida, dejándome ver a mi padre frente a mí que me miraba inquisitivamente.

Al terminar la jornada cargamos todas las piezas que nos habíamos cobrado en la camioneta y pusimos rumbo a casa. Cuándo la camioneta emprendió el vuelo y se elevó por encima de los árboles y la espesura del bosque sentí un repentino e inesperado alivio y le conté a mi padre lo que me había sucedido y la inquietud que aquella presa me había despertado. Mi padre se echó a reír a carcajada limpia, alegando que en los doscientos años que hacía que habíamos conquistado aquel planeta jamás había existido constancia de que los seres humanos tuviesen conciencia alguna.

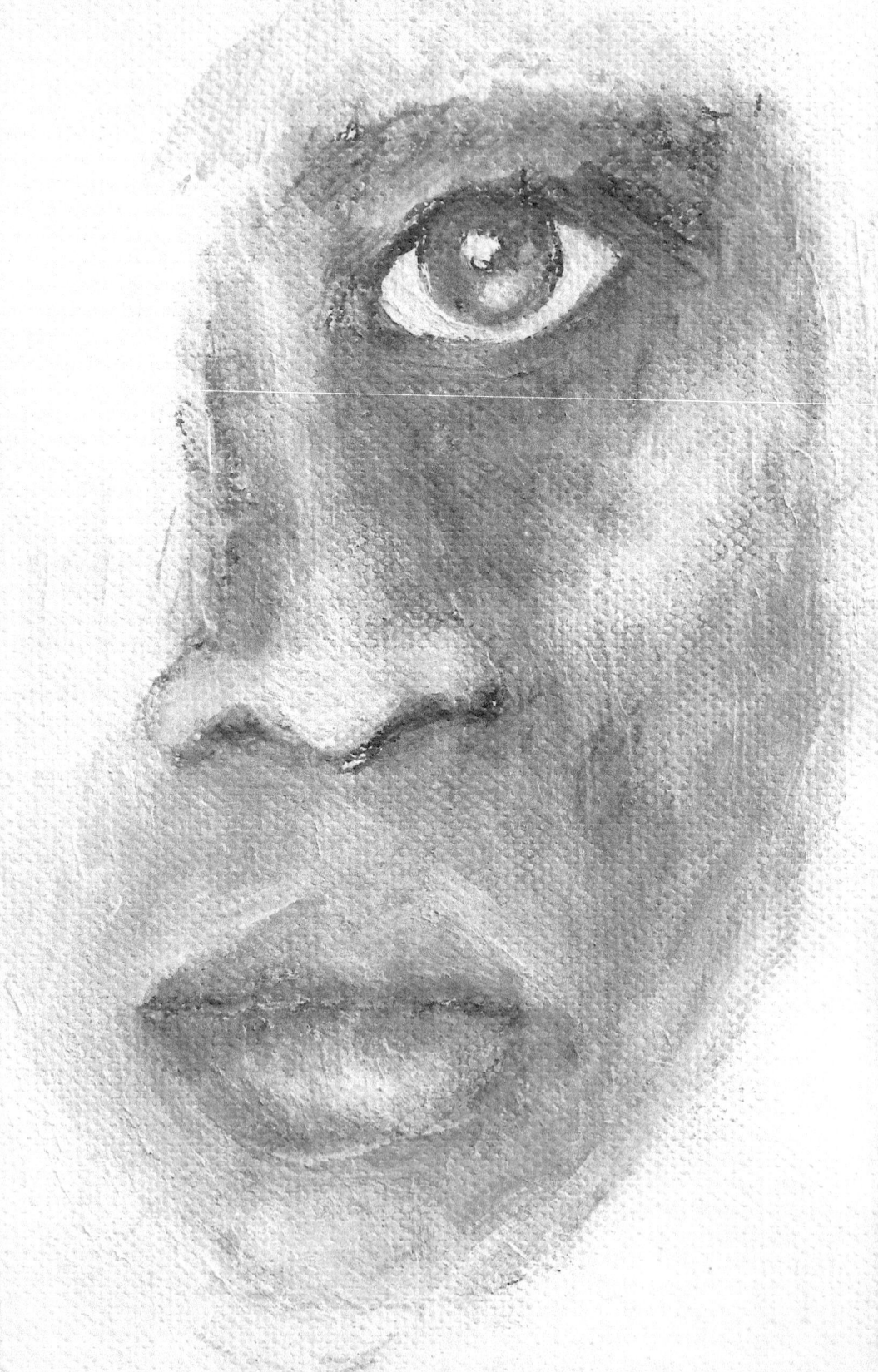

El desencanto

Alguien dijo que la vida era esto

y ahora me suena a sentencia anticipada

cuando la tarde estival se derrama

en otra ocasión desperdiciada.

Camino arrastrando el desencanto

infame impostor de mí mismo

absurdo trovador sin talento

sin tan siquiera algo de lluvia

que aportara un poco de dramatismo.

Me desvanezco en artificio de sombra

ensayando una pose decadente y ridícula

entre indecibles esquinas de viento.

La chica de ayer ahora es la vieja de la esquina

y todas mis excusas suenan a gastadas

trato de decidir si entregar mis torpes armas

o terminar de una vez la botella empezada.

Ya no queda nadie dispuesto a dejarse engañar

no me aceptan en la mesa de juego

mis ases en la manga son borrones de versos

folios arrugados huyendo de su destino

de papelera repleta de barcos que zarparon.

Puede que hasta ahora tuviera su gracia

pero mis chistes ya tienen achaques

y no se fajan tan bien de los golpes

pobre bufón que quiso ser poeta

desconociendo que las palabras

son amantes caprichosas y escurridizas

que dejan de madrugada un hueco insalvable

en el lado izquierdo de tu cama.

El reflejo

Dedicado a Julio Díaz-Escamilla

Pensándolo detenidamente no tenía motivo de queja.

Recién ascendido en su empresa tomaba cada mañana temprano aquel tren que le llevaba de su pequeña ciudad de provincias rumbo a la gran capital, donde desempeñaba sus nuevas funciones en la oficina central de la empresa y regresaba cada tarde en el mismo tren. Era un buen puesto con un buen sueldo, lo que siempre había deseado y por lo que llevaba años luchando, su mujer estaba encantada y gozaba del reconocimiento de colegas y amigos.

Pero lo cierto era que algo dentro de él le oprimía y perturbaba, tal vez era el cansancio acumulado al comenzar tan pronto y acabar tan tarde la jornada sin tiempo al volver a casa más que para una ducha rápida, una cena breve y un poco de televisión. O tal vez se tratara de las nuevas y muchas responsabilidades que le sobrepasaban y agobiaban un poco. Quizá la ilusión del viaje diario a la capital se había transformado rápidamente en desilusión por la monotonía del trayecto y las horas en la oficina (realmente no conocía nada de la capital, no había tenido tiempo más que de asomarse por la ventana del enorme edificio) provocaran esa especie de melancolía que últimamente le inundaba.

Sentado en su asiento junto a la ventana observaba pasar el mundo a gran velocidad, las casas, los árboles, los campos, las montañas, los diferentes pueblos, el mar, como borrones efímeros, relámpagos de una vida ajena, mostrada fugazmente y eternamente prometida, al alcance de su mano pero lejana en el tiempo y el espacio.

Dormitaba con la cabeza recostada en el cristal mirando fijamente el reflejo que este le devolvía, pronto, con el paso de los días, comenzó a sentir una envidia absurda hacia aquel reflejo, esa especie de él mismo que sobrevolaba grácilmente sobre todo aquello que él anhelaba, ese otro que parecía devolverle la mirada —pero era su mirada— con un gesto de burla, que vivía libre sin responsabilidades, etéreo y veloz riéndose de todos aquellos, pobres e insignificantes, atrapados en un vagón como ganado directo al matadero.

Quiso ser él—pero ya era él—, deseó con todas sus fuerzas pasar de reflejo a reflejado, o al revés, desafiando todas las leyes posibles, de la lógica, la razón, la reflexión.

Y un día lo consiguió. Como Alicia cuando atravesó el espejo, él comprobó maravillado como después de un rato concentrándose observaba todo desde afuera, que era ingrávido e intangible y se movía a gran velocidad. Disfrutaba con su nuevo estado, liberado y feliz, cuando se observó a sí mismo dentro del vagón, que se miraba a sí mismo con gesto aterrado y gritaba y golpeaba insistentemente el cristal hasta que unos empleados del tren lo sujetaron. Pero el reflejo —o el reflejado— comenzó a asfixiarse y cayó desplomado, mientras que él —el reflejo o reflejado— continuaba en su misma situación de ingravidez.

Comprendió que su reflejo —o reflejado— había muerto, quiso huir, volar hacia las casas que ahora parecían más cercanas, pero pronto descubrió con horror que no podía sobrepasar los límites de la ventana, sin su reflejo —o reflejado—jamás podría regresar al mundo del que provenía, condenado a quedar atrapado para siempre en un rectángulo mínimo y sucio, un fantasma que sólo cobraría vida según el capricho de la luz, un espectro, un fulgor, una imagen devuelta que nos inquieta un poco porque a veces nos parece que es otro cuando miramos medio dormidos por la ventana de un tren de camino al trabajo.

Todavía nosotros

Todavía nosotros

a pesar de las prórrogas, de los exilios forzados

del hostil y salvaje paso del tiempo

que se empeña en clavar las agujas del reloj

entre las ínfimas venas de mis versos.

A pesar del mundo mezquino y violento

que juega a desbaratar los reflejos

que deposita el sol en tu cabello.

Todavía nosotros

entre las taimadas fauces de la rutina

a través de plúmbeas madejas de realidad

-o de lo que otros llaman realidad-

y en la áurea guarida de nuestras sábanas.

Todavía nosotros

héroes torpes e improvisados

ángeles de futuro incierto

espejo de ambiguo azogue

que no devuelve el exacto reflejo.

Todavía nosotros

que habitamos respectivas almas

desprovistos del sutil desencanto

y el baldío artificio

de historias ya contadas.

Todavía nosotros

réprobos y desafiantes al miedo

valerosos dementes que, de la mano

nos enfrentamos a dioses envidiosos

y a disfrazados demonios,

con una misma voz gritándoles:

Todavía nosotros, todavía nosotros.

Lo que no está escrito

En cuanto el Metro entró en la estación y se detuvo con su cansino bufido mostrando el lomo anteriormente blanco del vagón ahora violado por letras gigantescas de negro intenso, él lo supo. Supo que aquella palabra había sido escrita para que él la leyera. No tuvo duda alguna de que ella la había escrito para él como no lo había dudado en los últimos ocho meses. Solo que esta vez el mensaje era tan cruel, tan definitivo y doloroso que tuvo que volver a sentarse en el banco del andén tratando de asimilarlo. Resultaba curioso como una sola palabra, cinco letras que se repetían en cada vagón, podía contener tantas cosas, decir todo lo necesario y no admitir respuesta alguna.

La primera vez que leyó aquella caligrafía ahora tan familiar se dijo que había contestado casi por juego, por aprovechar las tizas que siempre llevaba en el bolsillo al volver de impartir clase. Pero lo cierto fue que la frase que decoraba una pared anodina de una calle cualquiera era tan desesperada como un grito de ayuda, una súplica terrible casi imposible de atender, un perro perdido, un viejo cayéndose en la acera, una botella lanzada al mar insondable de la ciudad.

Pocos días después fue otra pared, otra calle distinta, pero el mismo desasosiego y tristeza entrelazadas en hermosas letras grandes de color azul. Él volvió a sentir la imperiosa necesidad de contestar, creyó que estaría bien utilizar cierto humor, no demasiado, y alejarse de manidas frases hechas y lugares comunes. Dos días más tarde ella había respondido a su pintada con una frase poética y lánguida que sin embargo dejaba entrever una grieta por la que podía colarse cierta esperanza.

Así comenzó un diálogo insólito en el que cualquier hueco en cualquier pared o muro se convirtió en instrumento de sus voces, del aullido de ella, de la mano tendida de él, en un desaforado juego del escondite por toda la ciudad, buscando y encontrando sus palabras ansiosas de respuesta, desafiantes ante el anónimo devenir de los transeúntes, triunfantes supervivientes de la vigilancia policial.

Pronto las frases fueron cobrando un contenido más íntimo y el amor fue abriéndose paso, imperceptiblemente al principio pero de manera irremediable más tarde. Se dejaban colgados en cualquier parte poemas de amor para que el otro los encontrara, jirones de versos lujuriosos, adjetivos arrebatadores que les obligaban a sonreír como bobos al girar cualquier esquina.

Pero entonces él quiso más. Comenzó a exigir más, a escribir de todas las maneras posibles como se moría por verla, como necesitaba besarla y abrazarla, incluso llegó a dejarle su teléfono justo debajo de la última negativa de ella. Porque ella se negaba y le suplicaba que dejara de suplicarle sin que él pudiese comprender la razón.

Ahora, sentado en aquel andén lo comprendió todo. Habían construido a base de palabras algo único, un amor diferente que él había vulgarizado y que ahora, como aquel tren, se alejaba. Para siempre.

Retrato de familia

Cuando subí a retirarle los platos de la comida lo encontré más nervioso y alterado que de costumbre, comprobé que no había probado bocado y pude reconocer la súplica en sus ojos.

Al principio no quise decir nada al resto de la familia, lo cierto es que era un mal momento ya que mañana esperábamos la visita de Marco y sus padres. Marco me había anunciado por carta que vendrían a pedir oficialmente mi mano, claro que esto también se lo había ocultado a la familia.

No estaba segura de por qué lo había hecho, imagino que en mi interior y, a pesar de lo mucho que quería a mis padres y a la tía Verónica y también al tío Alberto, bueno, a todos, deseaba marcharme de aquella casa. Me sentía culpable, pero, ¿qué chica de mi edad no desea casarse, tener hijos y vivir en la ciudad? Además Marco era tan guapo y tan cariñoso y atento conmigo.

Deseaba con todas mis fuerzas que durante la estancia de los Alcázar en la casa todo se desarrollara con normalidad y, por supuesto, que papá aceptara la pedida de mano.

Sin embargo cuando estábamos todos sentados en la mesa del comedor para la cena comenzaron los golpes, los gruñidos y esos aullidos que sobrecogían el alma. Todos me dirigieron la mirada de forma inquisitiva.

—Quiere más. —Me vi obligada a confesar.

—Pero, ¿le has dado la cena?—preguntó mi padre atusándose el bigote.

—Sí, pero no la ha tocado, ni tampoco la comida. Quiere lo otro. —dije mientras sorbía mi sopa con tranquilidad.

—Sabíamos que esto podría ocurrir. —dijo el tío Alberto mirando hacia las escaleras.

Todo comenzó hace un mes, cuando Mamá se empeñó en contratar una criada. Tanto ella, como Papá, como la tía Verónica, se hacían mayores y el tío Alberto estaba impedido, cojo del pie derecho desde una desafortunada caída a caballo, aunque las malas lenguas como la de la tía verónica decían que estaba totalmente borracho y que venía de casa de Madame Flora, el caso es que yo me hacía cargo de la mayoría de las labores del hogar, además de ser la única que subía al desván para darle la comida e intentar asear un poco la estancia. Con la contratación de la criada mamá quería descargarme un poco de responsabilidad, de modo que se le asignaron las tareas de la casa y se le prohibió que bajo ningún motivo subiera al desván ni abriese la puerta.

Pero una tranquila tarde en la que nos hallábamos todos en el salón, la tía Verónica tocando el piano mientras el tío Alberto fumaba en pipa escuchando los progresos que esta hacía con Schubert, mamá y yo bordando, y papá leyendo en su sillón, un terrible alarido nos sacó de golpe de nuestra agradable calma. Jamás supimos por qué la desgraciada incumplió la orden de no subir al desván, tal vez creyera que guardábamos allí las joyas de la familia o le pudo la curiosidad. Cuando llegué arriba solo pude ver algunos huesos y restos apilados contra los barrotes de la jaula. Él sonreía cubierto completamente de sangre.

Desde entonces ya no le saciaron los gatos ni los roedores que el tío Alberto cazaba en los alrededores de la finca, ni tan siquiera aquella vez que cazó un jabalí enorme quedó satisfecho.

— ¿Qué vamos a hacer?—preguntó mamá entre sollozos.

—Puedo traerle una prostituta. —Se ofreció el tío Alberto.

—No — mi padre se levantó haciendo un gesto con la mano y se dirigió pensativo hacia la ventana— .Eso provocaría habladurías en el pueblo, y tendrías que ir cada mes a casa de Madame Flora.

—Hay que buscar a alguien de fuera. —dijo en voz baja la tía Verónica.

Entonces todos me miraron a mí y sentí un escalofrío al adivinar lo que estaban pensando.

—Ni se os ocurra, Marco y sus padres son muy conocidos e influyentes en la ciudad, pronto los echarían de menos y atarían cabos. —dije tratando de persuadirlos.

—Hay algo que no sabes. —anunció sorprendentemente mi padre —Llevo varias semanas manteniendo correspondencia con los Alcázar. Sus negocios en la ciudad han quebrado y me ofrecí a buscarles alojamiento aquí y un trabajo para Marco y su padre. En cuanto estuvieran asentados comenzaríamos con los preparativos de la boda.

—Entonces, vienen para quedarse, nadie les echará de menos en la capital. —A mi tío Alberto le brillaban los ojos.

—Lo siento, cariño, no habrá boda. —anunció mi madre tomándome la mano—.Es lo mejor para la familia

—Pero, no podéis hacer eso, no es justo. Me voy a casar, arruinaréis mi vida—grité entre lágrimas.

—Tú vida es esta—afirmó enérgicamente mi padre—.No seas egoísta, ¿quién va a cuidar de él si tú te casas?

—Nosotros no podemos. —dijo dulcemente la tía Verónica.

—Pero, se trata de mi prometido, y sus padres. —insistí ya sin convicción.

—Es tu hermano, cariño, tu hermano—.La voz de mi madre parecía provenir de muy lejos. Pensé en mi pobre hermanito pequeño, allí, en su jaula del desván. Yo soy la única que consigue entenderse con él, se moriría si lo abandonara. ¿Cómo pude ser tan egoísta y superficial, pensar sólo en mí misma?

—Está bien, lleváis razón. Lo haremos.

Todos se acercaron a besarme y a abrazarme entre lágrimas, mi madre estaba muy emocionada y pude ver el orgullo en los ojos de mi padre.

—Comed, la sopa se va a enfriar. —rogó sonriendo la tía Verónica.

—Después de cenar iré al granero a afilar el hacha. —anunció el tío Alberto.

Babel 3.0

Fuera

el pantagruélico titán derrite

asfalto y corazones en exactas

proporciones

compuesto por ojos compuestos

mosca gigantesca succionando

mierda a jornada completa

y sus correspondientes horas extras

multiplicación infinita de espejos

acogiendo inmutables

el genocidio cotidiano de pájaros

culpables de ignorancia

en cuestiones de ambición humana

estallido monótono de alas

estruendo sordo de libertad aplastada

dentro

como si solo lo malsano viviese

bajo un cielo artificial

habitado a diario por la muerte

se trafica con cifras

que alguna vez disfrutaron de nombre

se decreta el hambre

y se esclavizan sueños

a veces, si se alza la vista

y un amasijo de sangre y plumas

impide ver un futuro prometedor

se subcontrata la conciencia

Musa

Me preguntabas, antes de marcharte, por qué los poetas bebemos tanto. Te contesto ahora que lo hacemos porque las alas de las musas se quedan irremediablemente pegadas ante el más leve aliento de alcohol. De esta manera atrapé yo a la mía.

Te había llorado por las barras de todos los bares de toda la ciudad, incapaz de escribir un solo verso de despedida y autocompasión. Llegué a casa tan borracho que caí redondo en la cama. Al rato comenzaron a brotarme palabras y las palabras se unieron y se hicieron poemas, los poemas más bellos que jamás había pensado ser capaz de componer. Me levanté tambaleándome buscando un bolígrafo y un papel y entonces la vi.

La luz de la luna dibujaba su contorno mientras trataba de escapar por la ventana pero sus alas se habían quedado pegadas y no podía volar. Era tan hermosa que dolía mirarla incluso en la oscuridad, me acerqué lentamente prometiéndole que no le haría daño pero pude contemplar el pánico en aquellos ojos que parecían dos océanos en calma. Solo quería que se tranquilizara y se quedara el tiempo suficiente para poder volcar sobre el papel todo aquello que estaba haciendo nacer en mi interior.

Pero justo cuando estaba a punto de coger su mano se asustó tanto que saltó por la ventana. Sus alas no se habían secado todavía y se escuchó un estruendo sordo que conmovió a la ciudad. En el suelo quedó un pequeño boquete y letras, notas musicales y trazos de pintura aparecieron salpicando la acera aquí y allá.

Desde entonces no he vuelto a escribir, ni a beber, pero sigo echándote de menos.

Canción nocturna de un domingo de invierno

La tristeza se inventó un domingo noche

de invierno en una estación de tren

Un domingo noche de invierno

es un terrible desfile

de chicas arrastrando maletas

y abandonando corazones rotos

Un domingo noche en invierno

es una mujer que se viste y se marcha

Un domingo por la noche en invierno

es un lunes que deja su amenaza.

Un domingo que anochece en invierno

es como ese instante

en que te sueltas de un abrazo perfecto

Un domingo noche en invierno

es un beso de labios de ceniza

y un cenicero de sueños

Un domingo noche en invierno

es una sombra sórdida en la esquina

la última raya con la que la puta

era capaz de afrontar el calendario

Un domingo noche en invierno

es un cúmulo nefasto de bares cerrados

un papel de periódico cuyas mentiras

no son capaces de abrigar suficientemente

Un domingo noche en invierno

las musas preparan para mañana

su uniforme de eficientes funcionarias

y los poetas mendigan metáforas

mientras pugnan por no morir de sed

 y ser noticia en el primer telediario

de un jodido lunes por la mañana

Pequeño amor cautivo

Primero fue el desconcierto, la desorientación, el pánico al verse prisioneros de aquellos gigantes. Inmóviles el uno frente al otro no eran capaces de pensar en otra cosa que no fuese escapar de aquella angustiosa situación.

Más tarde fue el terrible y monótono paso de los días en soledad, con la figura del otro como único campo de visión, la tristeza de comprender que el tiempo pasaba sin posibilidad de error, una lenta confirmación de un terror que no era pasajero.

Y sin embargo las noches eran todavía peores. Un grotesco desfile de gigantes ebrios, hedor de orines, gritos, peleas, copulaciones en torno a ellos, encima de ellos en muchas ocasiones. La tortura de someterlos varias horas a un insoportable y estridente sonido y a un frenético y desquiciado baile de luces que parecían a punto de terminar con su último grado de cordura.

Aunque al principio a ella él le pareció muy simple y a él ella muy poca cosa les resultó inevitable no irse conociendo, compartir su desesperación, apoyarse el uno en el otro y acabar enamorándose perdidamente.

Una de aquellas noches de terrorífico aquelarre de monstruos todavía más peligrosos debido a los efectos del alcohol y las drogas ella creyó morir del susto al

ver como uno de ellos descargaba un monumental pu-
ñetazo a solo unos milímetros de su amado. Pasada la
alarma inicial él aseguró estar bien aunque había temido
por su vida.

Sin embargo a la mañana siguiente, cuando como siempre les habían dejado a solas, él aprovechó há-
bilmente el boquete producido por aquel descomunal y
feroz puño y consiguió descolgarse y liberarse. Tras mucho esfuerzo y casi a punto de que sus carceleros volvie-
sen consiguió trepar hasta dónde ella estaba y liberarla
también. Se fugaron por una pequeña rendija de la ventana.

Al llegar la última hora de la tarde, cuando Emilio
abrió el Pub y quiso comprobar que todo estaba en su
sitio, maldijo a gritos al borracho que había robado los
muñecos de las puertas de los baños.

Prólogo

Sería absurdo afirmar que fueron felices, pero
hay quien dice que al verlos caminar de la mano, se en-
cendían, verdes de envidia y rojos de rabia, los enanos
de los semáforos.

Deslealtad de los sueños

Y ahora sólo me queda

fumar mirando el cielo

desde la ventana de unos ojos cerrados

haciendo inventario de derrotas,

acopio de viejos y nuevos fracasos.

Mientras contemplo, lejana, una paloma

cuyo vuelo esgrime promesas de magia

que devoran mi alma con el agrio

sabor de la renuncia.

Por miedo a convertirme en lo que desprecio

por el desprecio que siento al sentir miedo,

una vez más aparté lo sublime de mi camino

con la gastada coartada de lo imposible.

Una vez más detesto la deslealtad de los sueños

el aire corrupto de su onírica belleza

los cachorros de nieve escondidos

entre círculos azules

Hombre invisible

Mauricio estaba convencido de que la culpa la tenían la literatura y el cine, la inglesa y el americano respectivamente. No es que los culpara de su condición ni mucho menos pero sí en gran medida de las expectativas generadas.

Mauricio era invisible, era cierto, pero aquello no suponía en modo alguno que su vida fuera fabulosa o extraordinaria y ni tan siquiera dramática. Mauricio era invisible como otros eran pelirrojos, gordos o desgarbados, para ser más exactos; Mauricio sufría de invisibilidad al igual que otras personas padecen diabetes, ardor de estómago o Gota.

Para colmo no se trataba de una invisibilidad como cualquiera de nosotros solemos imaginar ya que para poder llegar a ser invisible Mauricio debía concentrarse mucho y quedarse extremadamente quieto, solo entonces su cuerpo se iba tornando transparente hasta desaparecer por completo de la vista de las personas. Si en ese momento a Mauricio se le ocurría mover un sólo músculo el proceso se invertía rápidamente y su apariencia volvía a ser tan corpórea y normal como la del zapatero de la esquina o la chica de la panadería.

Con estas limitaciones es fácil adivinar que Mauricio no podía robar un banco con total impunidad, ejercer de justiciero o levantar la falda a las chicas. Como mucho le había servido para pasar inadvertido en clase de pequeño, librarse de hacer guardias durante el servicio militar o ahorrarse pagar en el metro cuando el revisor hacía acto de presencia de camino al trabajo, pequeñeces para un don por el que la mayoría de la gente estaría dispuesta a sacrificar lo que fuera.

Además existía otro agravante, en realidad a Mauricio no le hacía falta ser invisible. Era de esa clase de personas de las que uno olvida su cara nada más terminar de habar con él, de esos tipos a los que no se les conocen mujer o amigos, que no destacan por nada bueno ni nada malo. Si alguien le hubiese preguntado a alguno de sus vecinos o compañeros de trabajo cómo era el tal Mauricio todos sin excepción se hubiesen encogido de hombros y hubieran repetido que era un tipo normal. Si se les hubiese pedido alguna característica o descripción más minuciosa se habrían quedado en silencio sin saber qué más añadir.

Si alguien hubiese indagado entre sus antiguos compañeros del colegio o la universidad, si se hiciese una encuesta entre quienes realizaron el servicio militar junto a él, no se hubiera encontrado a nadie, ni uno solo, que fuese capaz de recordar al bueno de Mauricio.

En definitiva que Mauricio era invisible pero hubiese dado exactamente lo mismo que jamás lo hubiera sido. Tanto que el día de su muerte el conductor de autobús que se lo llevó por delante en un día soleado

de agosto sin tráfico ni masas de peatones tan sólo
acertó a murmurar:

— Juro que no le he visto.

Día del padre

Sonríe, visiblemente satisfecho tras el último bocado de una excelente comida. Disimula, como si no supiese lo que viene a continuación. La mujer vuelve al comedor con los dos niños delante, casi empujándolos los obliga a avanzar con los paquetes en las manos, pugnando contra su extremada timidez. El primero es el pequeño, está tan nervioso cuando levanta el paquete que se le cae al suelo. Se escucha el sonido de algo al romperse mientras el temor se dibuja en los ojos azules del niño. Él recoge sonriendo el paquete y desenvuelve encantado lo que anteriormente fue un cenicero de arcilla con la palabra "Papá" escrita en tierna caligrafía infantil, ahora los dos "pas" están separados. Sin embargo a él parece no importarle cuando planta un beso en la frente sudorosa del pequeño.

La niña parece reacia al principio, pero obedece la plegaria que puede leer en el rostro de la mujer. Ofrece con cuidado su regalo, él parece realmente encantado con aquella corbata y como agradecimiento besa también la mejilla de la niña quien no puede evitar estremecerse.

La mujer entra ahora con una gran tarta de nata y chocolate y la niña le ayuda colocando los cuatro pequeños platos en la mesa ante la mirada de aprobación e inmensa felicidad que él emana. La mujer sujeta un cuchillo enorme dispuesta a cortar la tarta, titubea con él en la mano durante unos segundos, él se ve obligado a ayudarla sujetando su mano y guiándola con fuerza hacia el pastel. Ella corta tres pequeños pedazos y reserva para él el más grande. Los cuatro están ya sentados y él ha descorchado el cava, está a punto de decir unas palabras cuando observa los puntos rojos del láser en su pecho. Inmediatamente una voz impersonal y extraña grita frases comunes desde un altavoz a pocos metros de la casa. Él asiente a la mujer y contempla como huye despavorida con los niños a refugiarse en brazos de la policía. Se siente orgulloso de haberlos elegido uno a uno y ahora lamenta un poco el mal trago al que los ha sometido. Enciende un cigarro, hace un gesto hacia la escopeta que tiene apoyada junto a la pared, aun estando completamente seguro de que jamás llegará a alcanzarla. El primer disparo le destroza el hombro, está contento ya que al fin tuvo un Día del Padre como siempre soñó, solo lamenta, antes de caer, no haber tenido tiempo de probar la tarta.

Jugando al escondite

La nostalgia es como un grano en el culo, por más que a uno le avergüence no puede evitar que aparezca de forma molesta e inesperada.

Como ahora, conduciendo mi coche por el camino de entrada a la vieja casa de campo de mis padres. Mi mujer está dormida a mi lado, y el silencio que acompaña el tránsito por lugares tan familiares aviva los recuerdos.

Lugares que mi mente había borrado hasta hace bien poco y que parecen haberse quedado congelados en el tiempo; el viejo molino, el pueblo, la escarpada carretera sin asfaltar que conduce a estas casas apartadas...

Aparco el coche y mi mujer se despereza preguntando si ya hemos llegado, le contesto afirmativamente mientras contemplo por fuera la vieja casona en la que el paso del tiempo y el abandono sí parecen haber hecho mella.

De inmediato, como pequeños fantasmas, me parece vernos jugando y correteando por los alrededores, recuerdo a Héctor trepando a aquella higuera, veo a Juan lanzando piedras a los gatos, me observo a mí mismo con nueve años blandiendo una rama a modo de mortífera espada y por supuesto veo a Pablo...

Pablo, mirándonos embobado con esos ojos ávidos tras sus enormes y horrendas gafas.

Mi mujer se pone en marcha de inmediato alegando que hay mucho que hacer, hacía años, quizá siglos que no pisaba esta casa. Nos mudamos hace mucho y mis padres murieron sin volver a pisarla, hace unas semanas nos llamó un promotor interesado en comprarla y por eso estamos aquí. En realidad no sé por qué estamos aquí, mi mujer insistió en que había que adecentarla un poco y llevarnos lo que encontremos de valor antes de venderla. No sé si se cree que mis padres guardaban un tesoro o algo parecido.

Los recuerdos se me agolpan, la pandilla de mi niñez, cuántos juegos y trastadas habremos llevado a cabo por los terrenos de esta casa. Héctor el fuerte, el valiente, el decidido, el líder de nuestro grupo. Juan, el fiel, el buen amigo, siempre sonriendo y dispuesto a nuevos juegos y nuevas aventuras. Yo, algo más taciturno y soñador, siempre me dejaba llevar gustosamente, por ellos.

Y luego estaba Pablo.

Pablo, a pesar de tener nuestra edad parecía ser mucho más pequeño, era enclenque y tan frágil que a veces al verlo andar pareciera que fuese a romperse en añicos como el jarrón de porcelana de mi madre tras el balonazo de Héctor. Era débil, tímido, tartamudeaba un poco y tenía cara de ratón con dos enormes palas por dientes y las inconmensurables gafas de culo de vaso. Era el peor en todos los juegos; era lento corriendo, no tenía fuerza ni habilidad, cuando jugábamos al fútbol con otros niños siempre lo elegíamos el último. Pero si algo se le daba mal era el juego del escondite. Era un juego al que nos encantaba jugar, sobre todo por las oportunidades que el paisaje nos brindaba, las casas de nuestros padres grandes y espaciosas, separadas por hileras de arbustos e incluían todo el terreno del que disponía cada una. Existían miles de sitios en los que esconderse, miles de posibilidades. Sin embargo Pablo siempre elegía los peores y más evidentes lugares y lo encontrábamos a la primera. Si le tocaba buscar a él era casi peor porque ya podíamos estar delante de sus narices que no había modo alguno de que nos encontrara.

Con todo eso era fácil imaginar que Pablo era objeto constante de nuestras burlas e incluso de las iras de Héctor. A veces nuestros juegos se basaban en insultarle y burlarnos de él hasta ver cuánto aguantaba antes de irse llorando a casa. Pero al día siguiente siempre volvía sonriente como si nada hubiese ocurrido dispuesto a que le dejásemos jugar con nosotros, Juan y yo intercedíamos un poco con Héctor y volvíamos a aceptarlo.

Entro en el viejo granero que mi padre tenía adosado a la casa y que le servía más bien como almacén de herramientas, ya que sólo lo utilizó para el grano unos pocos años al principio. La puerta está desvencijada y encajada pero consigo abrirla con algún esfuerzo. Mi padre guardaba aquí varias herramientas que quizá podrían servirme o venderlas aparte. Lo cierto es que el sitio está hecho un asco, nada más entrar me invade un fuerte olor, como de animal muerto. Más que un almacén esto es una especie de trastero repleto de objetos inútiles, utensilios pasados de época, bicicletas viejas, ruedas, hierros, azadas...con razón mi padre no quería que entráramos aquí sin su permiso, temía que nos hiciéramos daño.

No puedo evitar pensar en el día en que ocurrió todo. Estábamos jugando al escondite y sorprendentemente Héctor ya nos había encontrado a todos menos a Pablo. Buscamos y buscamos en vano hasta que comenzó a anochecer. Héctor, que ya había gritado y amenazado a Pablo para que no hiciese de las suyas, estaba verdaderamente enojado diciendo que cuando lo encontrara lo iba a matar. Juan y yo pensamos que seguramente se habría asustado ante tales amenazas y habría vuelto a casa.

Pero no fue así, no había rastro de él, de modo que tuvimos que avisar a nuestros padres con la consiguiente bronca por parte de estos. Al no hallarlo por ningún sitio llamaron a la policía, se hicieron batidas por el bosque cercano, se pusieron carteles, se dragó el río, pero no hubo manera. La búsqueda siguió durante semanas, alguien del pueblo dijo haber visto a un tipo raro merodeando con una furgoneta negra por los alrededores y todos dedujimos lo peor.

Jamás volvimos a ver a Pablo y jamás volvimos a ser los mismos. Tanto Juan como Héctor como yo no podíamos evitar mirarnos a la cara sin culpabilidad. A los pocos meses le ofrecieron a mi padre un trabajo en la ciudad y nos mudamos. Aunque mi padre siempre decía que volveríamos algún verano, nunca lo hicimos y ya nada más volví a saber de mis amigos de la infancia. En la ciudad comencé una vida nueva, nuevos amigos, un nuevo y exigente colegio, comenzó mi interés por las chicas y pronto me olvidé del pueblo, de la casa y de Pablo, hasta ahora.

Estoy quitando unos hierros oxidados que parecen haber caído sobre mi antigua bicicleta, oprimiéndola contra el suelo. Me gustaría restaurarla y regalársela a mi hijo. Cuando por fin llego hasta ella la levanto y el pestilente olor se hace más intenso. Debe de haber alguna rata muerta, observo que debajo de la bicicleta y los hierros hay una trampilla, recuerdo que era una especie de habitáculo estrecho en el que antiguamente se echaba el grano y que conduce a una gran tubería que va subiendo por arriba hasta salir por un costado ya molido y directo a los contenedores.

Al abrirla me invade un violento hedor y noto algo moviéndose dentro, al principio me parece un animal pero pronto me doy cuenta, aterrado, de que se trata de un hombre. Desnudo, completamente sucio y con el pelo y la barba larguísimos y enredados, rodeado por excrementos y restos de pequeños animales como roedores y aves que se esparcen por el minúsculo suelo. Me mira con unos ojos sonrientes, ávidos y familiares, descubro a su lado unas enormes gafas de culo de vaso y emite una especie de gruñido que entiendo perfectamente:

—Esta...vez...gané...

El amor en los tiempos de internet

Recién cumplidos los cuarenta mi mujer se marchó alegando que no aguantaba más. Jamás supe que era ese más que no aguantaba, pero el caso es que me encontré solo por primera vez en veinte años. Perdido y desconcertado, a una larga temporada de depresión le siguió otra en que mis amigos no paraban de invitarme a fiestas y cenas, empeñándose en presentarme a mujeres con las que no conectaba. Hasta que un amigo me habló de unas páginas de Internet en las que se arreglaban citas a ciegas. Al principio me mostré algo reacio, pero finalmente decidí que no tenía nada que perder y me creé un perfil, dejando claro que buscaba una relación sin compromiso ya que acababa de sufrir una ruptura y no me encontraba con ánimo de algo más serio.

De este modo conocí a Clara, ella también acababa de separarse y buscaba lo mismo que yo. Conectamos de inmediato en los primeros chats de modo que organizamos una cita. Nada más verla mis temores iniciales se evaporaron, tendría unos pocos años menos que yo y era una mujer muy voluptuosa y atractiva. Desde el primer momento me dejó claro que quería divertirse, exprimir de la vida todo el jugo que no pudo en su juventud debido a un matrimonio temprano y aburrido que terminó con él fugándose con la niñera.

A partir de esa primera cita nos convertimos en algo más que amantes, éramos amigos, compañeros en toda clase de juegos y excesos. Nos impusimos no prohibirnos nada, desechar los tabús reservados para la gente de nuestra edad y posición, e incluso más.

Habitamos en fines de semana salvajes, disfrutamos de orgías de sexo y drogas, bebimos como si se fuera a acabar el mundo y experimentamos con todo lo que estuvo al alcance de nuestras manos.

Sin embargo, a los pocos meses de mi relación con Clara, me sentía vacío. No es que estuviera cansado de la espiral de excesos y vicios en la que nos habíamos sumergido, muy al contrario, cada vez gozaba más de nuestras inhibiciones, sin embargo echaba a faltar muy a menudo cierta calma, un poco de sosiego.

Casi por juego, sin pensarlo mucho, creé otro perfil en la página de citas, esta vez dije que buscaba todo lo contrario, una relación estable con vistas a un futuro en común. De este modo conocí a Andrea, era una mujer que se definía como tradicional, religiosa y familiar. Tal vez por curiosidad decidí concertar una cita con ella.

De inmediato congeniamos, ella buscaba una relación a la antigua usanza y yo encontré ese remanso de paz que buscaba. Nuestras salidas consistían en pasear por el parque, merendar con su anciana madre viendo las telenovelas, acudir a la Iglesia o muy de tarde en tarde al cine y hacer planes de boda. Nuestros contactos físicos se limitaban a alguna caricia fugaz en la mano y un casto beso en la mejilla de buenas noches.

Por primera vez en toda mi vida era feliz, feliz con las dos, con Clara vivía fines de semana de desenfreno que me hacían sentir vivo y con Andrea pasaba los días entre semana en un mar de calma espiritual. Era perfecto.

Además ni con Clara ni con Andrea abordábamos jamás el tema de que ambas fueran la misma persona.

Extranjeros

Hagamos de nuestros cuerpos

la última frontera probable

convirtámonos en inmigrantes

en tierra inhóspita y extraña

Sin papeles saltemos las aduanas

de pasados y mañanas

no pertenezco a patria alguna

cuyas coordenadas exactas

no me lleven debajo de tu ombligo

no necesito nombres de barato orgullo

ni fechas en que celebrar batallas

me basta aprender tu geografía

de hada perversa y lasciva

saberme de memoria en qué comisura

desembocan los ríos de tu tristeza

orientarme con la brújula de tu boca

expandir el mapa infinito de tu desnudez

ven, el mundo se ha acabado ahí fuera,

aquí dentro no necesitamos banderas

para comenzar revoluciones y aplacarlas,

seamos extranjeros del tiempo y el espacio

apátridas de la memoria y la identidad

de madrugada te devolveré tu nacionalidad

y aceptaré tu independencia, si la deseas.

Amar

El lector más avispado encontrará la inspira-
ción en el poema Llorar de Oliverio Giron-
do. Disculpen la osadía

Amar en los tiempos que corren

y ante el lento transcurrir del tiempo

Amar en calcetines y con la gripe

Amar exquisitamente y de andar por casa

Amar en la cola del paro

Amar un lunes de oficina

Amar pese a la prima de riesgo

y el déficit del demonio

Amar y querer

como quien no quiere la cosa

Amar por todos los poros

Amar pese a no estar respirando

Amar comprando en el mercado

Amar en bellos salones y

en sucios excusados

Amar como el dictador ama su poder

Amar con infinito desprecio

Amar frente a las tijeras

Amar sin ser correspondido

Amar leyendo la correspondencia

Amar antes de ser aniquilado

cuando el torturador levanta su arma

Amar como solo aman los animales

Amar como solo aman los poetas

Amar eternamente y durante un segundo

Amar a dos o tres bandas

Amar siendo despechado

Amar unos pechos

Amar platónicamente

frente a un plato de cocido

Amar en los atascos, atascarse de amor

Amar frente al Banco Mundial

Amar frente a la policía

Amar en los Tanatorios y en las romerías

Amar en el asilo

cuando ya no quede ni memoria

Amar esperando el Metro

Amar de espaldas y de soslayo

Amar contra la pared del Vaticano

Amar insolentemente

con el mundo por montera

Amar sin que sea primavera

Amar sin encontrar las llaves

Amar con el café con leche

Amar en los tiempos del cólera

Amar siendo duro de mollera

(Amar siempre a las camareras)

Amar con huevos revueltos

Amar y dos huevos duros

Amar aunque esté de moda

Amar inesperadamente y

esperando amar

Amar sólo por joder

Amar, vivir amando,

si es que existe otra manera

de seguir viviendo.

Reemplazo

— Raúl, cuídalas por mí.

Esto fue lo último que Gonzalo me dijo antes de morir. El maldito Cáncer a los 44 se llevó a mi mejor amigo, mi hermano, y me dejó esa plegaria que en realidad era una orden, una promesa sin posibilidad de ser rebatida por quien queda de este lado, un chantaje en toda regla por parte del muerto. Porque ya saben, uno se siente más que obligado a cumplir la última voluntad de un moribundo, el único favor que queda en nuestras manos y que, de no cumplirlo, nos haría sentir mucho más miserables de lo que ya somos. Que las cuidara, a Esther, su mujer y Clarita, su hija de tan solo cuatro años, tan tristes, tan solas, tan perdidas, tan desoladas, ¿cómo no hacerlo, cómo negarse a cuidarlas un tiempo, a ayudarlas a pasar el duelo y el desconcierto?

El problema, lo que me molestaba muy adentro y me avergonzaba confesarme a mí mismo, es que bajo esa petición de Gonzalo se encontraba la perversa determinación de este de dejar a su muerte todo bien atado, me explico: Gonzalo sabía que yo siempre había sentido algo por Esther, no era necesario que yo se lo dijera, sabía leer perfectamente mis sentimientos debajo de mi coraza de canalla, bohemio y mujeriego. Cuando la conocimos los dos nos enamoramos de inmediato de ella pero pronto quedó claro que ellos estaban hechos el uno para el otro, que serían capaces de darse la vida en común que anhelaban; matrimonio, hijos, trabajo, seguridad, mientras que yo no estaba hecho para eso, era el amigo divertido de la pareja, el bala perdida que venía a sacar de vez en cuando al matrimonio de su rutina (o a que ellos me sacaran de algún apuro generalmente de dinero), el tío favorito y extravagante de Clarita que los hacía reír con sus absurdas aventuras y líos de faldas.

Sin embargo desde hacía cosa de un año, justo cuando le dijeron a Gonzalo que aquello que lo estaba devorando por dentro era incurable, su actitud hacía mí comenzó a cambiar bastante. En lugar de celebrar a carcajadas mis hazañas solía recriminarme con la mirada y aprovechaba los momentos en que Esther se retiraba cansada o se iba a acostar a Clarita y nosotros alargábamos la velada con la penúltima copa de Whisky para sermonearme dulcemente y advertirme que ya teníamos una edad e iba siendo hora de sentar la cabeza. En otro momento me habría molestado ya que nuestra estrecha amistad se basaba precisamente en que jamás nos atrevíamos a juzgarnos entre nosotros, aceptándonos cómo éramos para mal o para bien, pero yo lo achacaba todo a su enfermedad y a una preocupación paternalista hacía mí por miedo a que también me pasara algo parecido. Yo no podía evitar pensar en lo poco que le había servido a él aquella vida ordenada, formal y sana que ahora parecía escapársele entre los dedos de manera vertiginosa cada día en que lo iba encontrando cada vez más desmejorado. Luego, cómo no, me sentía tan ruin que tenía que ahogar mis pensamientos en la barra de algún sórdido local o entre las piernas de alguna des-prejuiciada camarera que no quisiese dormir sola esa noche.

Así que las cuidé, a las dos, como Gonzalo me había pedido. Al principio me ocupé de todos los penosos trámites del funeral; atender a la gente durante el entierro, recibir pésames en nombre de la familia y tratar de que las pastillas con las que Esther se atiborraba la mantuvieran en ese estado soñoliento pero no peligroso durante unas cuantas horas. También de que Clarita no quedara abandonada entre el dolor de su madre y el suyo, repleto de interrogantes que te partían el alma.

Fueron pasando los días y siempre había un motivo para visitarlas y pasar la mayor parte del día con ellas, arreglar el grifo de la cocina, algún papeleo dificultoso, ayudar a la niña con sus deberes, hacerles la cena y algo de compañía cuando parecían a punto de desmoronarse...

Poco a poco fui cancelando citas, dejando de acudir a fiestas, aceptando más trabajos como traductor para poder ayudarlas económicamente, pronto Esther me dijo que podía quedarme a dormir en el sofá para no conducir tan tarde y tener que levantarme temprano. Inevitablemente en unas semanas pasé del sofá a su cama de matrimonio una noche que me dijo que no era capaz de conciliar el sueño y que me necesitaba a su lado. Luego los meses se sucedieron con plácida velocidad, ya no recordaba la última vez que había pasado por mi apartamento y nuestra vida era como la de cualquier familia al uso.

Comencé a sentirme agobiado, no solo por la responsabilidad y la nostalgia de mi anterior vida disipada sino por la actitud de Esther. Al principio eran pequeños detalles lógicos en aquella situación; la bata y el pijama de Gonzalo que me sentaban perfectamente y que él hubiese querido que yo usara, su incapacidad para recordar que yo prefería el café solo y no con leche y azúcar como el difunto marido o la carne poco hecha en lugar de quemada, el nombre incorrecto suspirado en el momento del zenit amoroso, pequeñas cosas molestas pero comprensibles y perdonables.

Sin embargo la cosa se fue agravando, Esther me preguntaba por gente de la oficina de Gonzalo, se empeñaba en que me peinara con la raya al lado como él, utilizaba su ropa, su reloj, sus zapatos, íbamos a un restaurante que yo no conocía y me hablaba de la última vez que habíamos estado allí, cocinaba los platos favoritos del muerto como si fuesen los míos, me compraba su marca de cerveza o ponía música que yo no soportaba esgrimiendo una sonrisa cómplice que solo ellos dos serían capaces de entender.

Yo intentaba que se diera cuenta, la hacía ver sus errores y me intentaba reivindicar como Raúl, una persona distinta a su marido, pero en esas ocasiones ella fingía que había sido un descuido tonto o sus ojos se inundaban de lágrimas e incomprensión de manera que me rompía el corazón y trataba de restarle importancia.

Pero cuando Clarita comenzó a llamarme Papá me asusté mucho y decidí que por mucho que me doliera debía poner fin a todo aquello que solo iba a conseguir volvernos locos. Tomé la determinación de hablar con Esther aquella misma noche y armarme de valor para romper con ella.

Al llegar la noche sabía que no iba a ser fácil pero no imaginé lo que sucedería. Esther me esperaba con un escueto camisón de seda que no dejaba mucho a la imaginación, una botella de Champagne muy cara pero no mi preferida y la casa repleta de velas.

— Clarita duerme en casa de una amiga. ¿No habrás olvidado qué día es hoy, verdad? — dijo antes de abalanzarse sobre mí.

Hicimos el amor salvajemente por cada rincón de la casa y bebimos varias botellas de Champagne no siempre desde sitios tan normales como una copa. Acabamos exhaustos en la cama cuando el sol comenzaba a reclamar su reinado naciendo detrás de los edificios. Esther se levantó desnuda mientras yo observaba lo hermosa que era y se dirigió al cuarto de baño, yo la seguí y me metí en la ducha. Sentada en la taza del WC me llegó su voz a través del confortable sonido del agua caliente:

— A ver cuando invitamos a cenar a Raúl, hace tiempo que no lo vemos.

Era cierto, pensé yo mientras tarareaba distraído, y me pregunté en qué andaría metido ahora ese golfo.

Nido

Anudamos un nido desnudos

nido que desanudas

desandando desnuda

nido y nudo que son nada

cuando lo desnidas

hasta que reanudamos

desnudos desnadas

te beso te rebaso

te reverso te reviso

me rebosas me besas

me rebabas revives

te verso me rebosas

te bebo me vives

te someto te sonsaco

rematas resacas

te entro y te salgo

de veras me devoras

me divides das vida

extraña te extraño

en mis entrañas

te derrites y derramas

te irritas y desparramas

te derrocas y rearmas

me desvivo y me desmuero

te desvistes me devastas

dices basta

me sometes me sonsacas

arremetes me arrebatas

divertida pervertida

totalmente vertida

sobre mí

Querida Mildred

Noviembre, 10-1895

Querida Mildred:

Le escribo esta carta aun con la certeza de que usted no querrá saber nada de mí tras los penosos hechos acaecidos hace unos meses en nuestra primera cita. Sin embargo me veo en la obligación de hacer lo que esté en mi mano por aclarar lo sucedido, no ya por lo que el resto del mundo pueda opinar de mi persona sino más bien con la esperanza de que en su corazón se despejen las tenebrosas sombras que a buen seguro alberga al acordarse de tan descabellada jornada.

Sabrá usted la profunda impresión que me produjo ver por primera vez su hermosa y delicada figura paseando grácilmente por las calles de nuestro Northomb y la alegría inmensa que invadió mi alma al aceptar usted ser cortejada por mí tras numerosas cartas. Cuando tras varios divinos paseos ya me permitió apoyar mi mano en su brazo y convino gustosa acudir una tarde a mi finca a tomar el té con la compañía de su Tata, mi corazón no cabía en sí de gozo.

Querida Mildred si supiera usted como me afané en preparar una velada perfecta para que usted se sintiera como una reina al honrar mi hogar con su presencia. Yo mismo corté las mejores rosas de mi cuidado jardín y dispuse un hermoso ramo para ofrecérselo en cuanto llegara, ordené al señor Worthy y al resto del servicio que cuidara al mínimo cada detalle y la señora Barrymore cocinó sus deliciosos Sándwiches y dulces que son la envidia de la comarca. Pedí a Worthy que nos preparara la mesa en el quiosco del centro del jardín, el mejor lugar de toda mi propiedad y en el que una flor tan bella como usted se sentiría como en su propia casa.

Y entonces ocurrió. Comprendo que esta parte le será muy difícil de creer, pero le doy mi palabra de que fue así como se sucedieron los hechos. Yo paseaba a un lado y otro del pasillo con el corazón en un puño esperando verla llegar desde mi ventana por el delicioso camino empedrado que lleva a mis dominios, cuando de pronto algo llamó mi atención. En un rincón junto a la escalera principal pude observar que algo oscuro se movía, me acerqué curioso pensando que se trataría como en otras ocasiones de algún desorientado pájaro que por error se había colado en la casa. ¡Más cuál no sería mi sorpresa al descubrir que se trataba ni más ni menos que de un Holshöt!

Repito que puedo comprender su incredulidad ante esta parte de mi narración, pero no estoy loco, era un Holshöt auténtico, justo delante de mis narices. Lo reconocí de inmediato gracias a los grabados de mis antiguos libros de antropología y mitología y mi corazón se aceleró al acariciar la posibilidad de convertirme en el primer hombre capaz no solo de demostrar la existencia del Holshöt, sino de poder exhibir a uno vivo. Me acerqué con todo el sigilo que pude, pero justo cuando estaba a punto de atraparlo con mis manos la criatura revoloteó sobre mi cabeza y se perdió pasillo arriba. Justo en ese momento las vi a usted y a su tata girando la curva que emprendía el final del camino hacia la casa.

Tal vez comprenda ahora mi nerviosismo y extraño proceder, avisé de inmediato a Worthy de la presencia del Holshöt en la casa exigiéndole que le dieran caza en la mayor brevedad y por supuesto sin que ustedes, mis invitadas, sufrieran algún tipo de molestia durante su estancia. Por esa razón yo mismo les abrí la puerta de la casa, sudando y excitado y las acompañé hasta el quiosco en el que se había dispuesto la deliciosa merienda. Por eso no cesaron ustedes de escuchar ruidos y golpes provenientes de la casa durante el camino que yo fingía ignorar. Y, sí, esa fue la razón de que al llegar a la glorieta yo tratando de agradarla y sin reparar en el desaguisado le ofreciera aquel ramo de rosas mordisqueado y destrozado sin duda por el Holshöt, el mismo terrible y voraz demonio que había devorado las viandas de la señora Barrymore, volcado y roto en añicos el juego de té de plata de mi abuelo y dejado huellas y arañazos por todo el mantel.

Recordará usted, querida Mildred, que ante el horror que se dibujaba en sus rostros yo estaba a punto de confesarles lo que ocurría cuando Worthy hizo acto de presencia visiblemente afectado, el rostro cubierto de arañazos y la ropa hecha jirones. Que aun en ese estado el pobre mayordomo no perdió la compostura y me rogó con mil disculpas acompañarlo por un asunto urgente y que yo les supliqué que no se marcharan con la promesa de explicarles todo.

Lo que usted no sabe, querida Mildred, es el dantesco espectáculo que me aguardaba en la cocina a la que Worthy me llevó tembloroso; no describiré el desorden de platos rotos y cazos volcados ya que entonces ya era lo de menos, lo horrendo era el cadáver de la señora Barrymore con el cuello abierto de lado a lado como una grotesca segunda boca tirado en el suelo, lo demencial fue el joven cuerpo de Miss Tender, la doncella, tumbado boca abajo sobre los fogones y desgarrado por miles de arañazos mortales. Miré a Worthy quien solo acertó a balbucear "el Holshöt" antes de que una sombra oscura se lanzara sobre su cara emitiendo los chillidos más sobrecogedores que un hombre ha escuchado jamás. Apenas reaccioné eligiendo el cuchillo más grande que pude encontrar y blandiéndolo contra aquella bestia que tras arrancar la cara de mi fiel sirviente se volvió contra mí.

Luché como pude contra él, zafándome de sus mortales garras pero recibiendo varios y profundos cortes que me destrozaron la ropa, ya casi lo había acorralado cuando en una rápida maniobra se dirigió hacia la ventana abierta. Yo me encaramé también con presteza al alféizar y por un segundo estuve a punto de agarrarlo por la cola, pero de pronto un grito a mi espalda me sobresaltó y el Holshöt huyó volando valle arriba.

El resto ya lo conoce, al girarme las descubrí a ustedes tapándose la boca ante la infernal escena, sin duda alarmadas por el alboroto habían decidido comprobar qué ocurría en la casa y ahora descubrían los tres cadáveres y a mí semidesnudo, cubierto de sangre con un enorme cuchillo en la mano y encaramado en la ventana como si tratara de huir. Pude comprobar que habían tenido tiempo de alertar al comisario Spencer que al parecer se hallaba en su ronda habitual con dos de sus agentes por la zona.

En ese momento comprendí que no valía la pena intentar explicarme, que lo que dijera iba a sonar tan inverosímil como ridículo, de ahí mi silencio y mi aceptación de la condena sin inmutarme. Sin embargo ahora, tras estos meses de reclusión la echo de menos y no puedo permitir que usted se quede con esa imagen tan abominable de mi persona, tal vez ahora que conoce la verdad de lo ocurrido comprenda que todo fue un desgraciado malentendido en el que yo solo fui otra víctima. Espero que ahora podamos reanudar nuestra relación en el punto en que la dejamos y me dé la oportunidad de demostrarle la persona decente que soy y el amor que le profeso. Anhelo su respuesta que entre estas cuatro paredes no serán sino un rayo de esperanza.

Suyo siempre.

Mister Richard Doumbury.
Prisión para reclusos mentales Santa Mónica.
Northomb, Inglaterra.

La raza maldita

Inspirado en un reportaje visto en el programa Cuarto Milenio.

El muro comenzaba en la cima de la montaña y terminaba en el acantilado, delimitando como una serpiente de piedra los contornos de la comarca y marcando la separación entre el pueblo y nuestras pocas casas. Más o menos en la parte que quedaba en el centro del pueblo existía una especie de puerta gruesa de madera que siempre estaba cerrada por nuestro lado con innumerables cerrojos y candados, y custodiada del lado del pueblo día y noche por dos hombres provistos de varas, palos y hachas. Nadie cruzaba jamás esa puerta ni de un lado ni del otro y cuando nosotros necesitábamos comprar algunas cosas o vender el fruto de nuestras cosechas teníamos que ir en el único carro que poseíamos montaña arriba y descender por el valle hasta el siguiente pueblo que sí accedía a negociar con nosotros. Este trayecto solía durar unos tres días entre la ida y la vuelta, por lo que los mayores procuraban hacerlo una vez cada dos meses, sólo cuándo era estrictamente necesario.

De pequeño solía preguntarle a mi tío Pedro por qué los hombres del pueblo habían construido ese muro para separar nuestras casas de ellos, o por qué al entrar en la iglesia nos veíamos obligados a hacerlo por una puerta pequeña que obligaba a las mujeres— porque los hombres no acudían a misa—a hacerlo agachando la cabeza.

Mi tío Pedro solía contestar mirando hacia el horizonte o disimulando mientras limpiaba alguna herramienta, como si mis preguntas removieran en su interior un dolor antiguo y olvidado. Solía decirme que los hombres temen a lo que no conocen y ese temor les hace ser crueles con los que no son como ellos. Cuando cumplí once años mi tío Pedro me contó la historia del día que nací, que fue también el día en que mi padre murió.

No lloré al nacer, como no llora nadie de nuestra raza, pero al salir del vientre de mi madre mi padre notó que mi piel tenía un tono azulado y que no podía respirar. No tenemos médico entre las treinta familias que vivimos al otro lado del muro, de modo que mi padre no se lo pensó y envolviéndome en una manta se dirigió con paso firme hacia la puerta jamás atravesada. Mi tío y otros cuatro hombres lo siguieron no sin antes hacer acopio de todo lo que pudiera ser utilizado como arma. Los otros ya los esperaban cuando abrieron la puerta y comenzó una terrible batalla campal mientras mi tío y los otros hombres trataban de abrir paso a mi padre. Él no peleaba, sólo recibía golpes y continuaba avanzando, tratando de llegar a la casa del médico. Al verlo continuar con paso vacilante pero seguro, protegiendo a su recién nacido contra su pecho y sangrando por la cabeza y la nariz, la mayoría de las gentes del pueblo que habían acudido por curiosidad o para unirse a la refriega se quedaron quietas y el silencio se adueñó de lo que antes había sido un mar de gritos de odio.

Mi padre siguió caminando con el paso vacilante y a la vez decidido mientras el médico ya lo esperaba a la puerta de su casa. Quedaría sólo un metro cuando un insulto rasgó aquel extraño silencio y una piedra golpeó la sien de mi padre haciéndolo caer al suelo. El médico sujetó a tiempo mi pequeño cuerpo.

Yo pude sobrevivir gracias al oxigeno que el médico me administró, pero las heridas de mi padre fueron mortales.

Desde entonces nadie más ha vuelto a cruzar el muro. Yo fui creciendo teniendo muy presente en mi memoria la terrible historia de mi padre, seguía sin comprender el odio de la gente del pueblo hacia los de mi raza y esa incomprensión se tornaba en curiosidad por saber qué era lo que nos hacía diferentes, lo que tanto despreciaban de la gente al otro lado del muro.

Tenía diecisiete años cuando descubrí por casualidad el agujero. Lo tapaban unos matorrales espesos y quedaba a la altura en que el muro comenzaba a ascender desde el suelo, desde la parte del pueblo estaba parcialmente tapado por un grueso árbol que se encontraba a escasos centímetros. Era difícil que nadie de ambos lados lo descubriera, a no ser que se agacharan por casualidad en ese preciso lugar.

A partir de ese día pasaba todas las tardes y mis ratos libres tumbado, observando la vida de los habitantes del pueblo desde aquel privilegiado escondite. Si alguien se acercaba demasiado me resultaba fácil esconderme entre los matorrales para no ser descubierto.

Contemplaba sus idas y venidas, sus fiestas y duelos, los trabajos que realizaban y hasta sus secretos, envidias y amores. Lo extraño era que cuanto más los observaba menos diferencia encontraba entre su forma de vida y la nuestra, un poco más bohemia quizá, pero nada que explicara aquel odio visceral.

Fue entonces cuando conocí a Almudena. Un día estaba ensimismado contemplando jugar a los chicos del colegio cuando de pronto un rostro de niña apareció frente a mí, sus ojos azules se quedaron mirándome fijamente con más curiosidad que extrañeza o miedo. Salí corriendo temiendo que se pusiera a gritar para dar la alarma. Aquella noche no pude dormir recordando aquellos ojos. Esperé dos días antes de volver a asomarme por el agujero para estar seguro de que la chica no habría alertado a los suyos. Al poco rato aquella cara angelical volvió a aparecer al otro lado del muro, esta vez sonriendo. A partir de aquel día nos veíamos todas las tardes y hablábamos sin parar, Almudena tenía dieciséis años y tampoco comprendía nada de las cosas de los mayores. A ella le habían tratado de inculcar aquel miedo en forma de odio hacia los que eran como yo, pero ella tampoco lo comprendía ni era capaz de sentir desprecio por personas que le parecían sus semejantes.

Pronto comenzamos a alimentar la idea de marcharnos juntos de aquel lugar, a algún sitio en el que las personas pudieran vivir en paz y sin muros que los separaran. El día anterior a mi cumpleaños acordamos que lo haríamos aquella misma noche. En cuanto el sol se puso dejando su lugar a una amplia y brillante luna acudimos al hueco en el muro, yo llevaba un hatillo con ropa y algunos víveres y ella cruzó arrastrándose sin dificultad hacia mi lado. Ocultos entre las sombras pero amparados en la blanca luz de la luna dejamos atrás las casas de los míos y comenzamos a subir la colina, el plan era bajar hasta el pueblo del valle, al que llegaríamos entrada la mañana del cuarto o quinto día de viaje, y coger algún barco que nos llevara lejos, no nos importaba dormir a la intemperie, pues conocíamos de sobra la zona.

Llegamos a un claro que había mucho antes de llegar a la cima y le dije a Almudena que pararíamos a descansar. La inmensa luna parecía a punto de estallar justo encima de nosotros y desprendía una luz fantasmal sobre nuestras siluetas.

Entonces comenzaron a surgir del bosque, su hermoso pelaje parecía bañarse de plata en aquella atmósfera irreal mientras mostraban sus enormes colmillos como una especie de ofrenda. Serían unos treinta y uno de ellos de pelo negro se adelantó con pasos majestuosos y tranquilos.

Al ver a los lobos Almudena gritó y corrió hacia mí buscando protección y socorro, pero cuando comprobó con horror que yo me había transformado en uno de ellos sólo fue capaz de emitir un gemido sordo y quedar paralizada por el pánico.

Mi tío Pedro, como jefe de la manada, asestó el primer mordisco y de esta forma yo entregué mi primera víctima a mi pueblo, como hacen los de mi raza desde tiempos inmemoriales.

El apóstol

Al igual que Pedro tres veces te negué

antes que el gallo cantara

en sórdidos lugares en los que el pecado

no es opción sino contraseña.

Mientras preguntaba al sucio espejo

detrás de la barra que reflejaba sus caderas

si esa noche sería otro o sería yo, Señor

Como Judas te vendí sin dudarlo

por una bolsa llena de promesas

veladas de muslos hambrientos

y de ese carmín que tan fácilmente

jugaba a ser robado por mis labios

Ahora sólo busco una soga

lo suficientemente firme

para sujetar mi remordimiento

Conversaciones sobre vampiros

Como cada jueves por la noche el club de misterio de Northomb se había reunido en casa de Sir Charles Wheatby. En realidad el club del misterio no era más que una excusa para que un grupo de unos cinco hombres ilustres de la localidad se reuniese a fumar puros, beber licor y disertar sobre temas varios, librándose por un buen rato de su rutina familiar y profesional. Aquella noche la conversación había girado en torno a los vampiros y la posibilidad de su existencia. Tomando como base varios libros en los que se narraban supuestos hechos acontecidos hacía siglos en los verdes prados de Northomb y diversas tesis y teorías en contra. Tras una no muy extensa discusión se había llegado a la conclusión unánime de que era, no solo improbable, sino del todo irrisoria, la creencia en la existencia de tales seres. Sin embargo, quién sabe si por miedo a que la velada decayera o con el fin de escandalizar, Sir Wheatby tomó la palabra para realizar una extraña afirmación:

—Qué me dirían entonces, queridos amigos, si yo les dijera no solo que estoy completamente seguro de la existencia de vampiros, sino también que estoy convencido de que entre nosotros se encuentra uno de ellos.—Ante tales palabras los miembros del club del misterio se miraron unos a otros entre estupefactos y divertidos. El doctor Jameson se atusó el blanco bigote y sorbió un trago de su Coñac antes de carraspear y contestar no sin cierta sorna:

—Bien, en ese caso estoy convencido de que el único que puede ser un vampiro entre todos los presentes no es otro que nuestro querido compañero Mister Havendry...

—Pero bueno, se ha vuelto usted loco. —espetó tremendamente indignado el citado Havendry.

—Oh, vamos, no se lo tome así—continuó Jameson—.Si seguimos la hipótesis de nuestro amable anfitrión, el único que puede ser sospechoso de ser un chupasangres es usted ya que no recuerdo ni una sola ocasión en la que nos hayamos encontrado a plena luz del día, hecho curioso, ¿no le parece?

—Eso es una calumnia, he estado con ustedes en innumerables ocasiones a la luz del día—.Havendry parecía extremadamente nervioso y molesto ante las acusaciones de su compañero—.Sin ir más lejos, Lord Mortimer, ¿acaso no nos encontramos usted y yo el otro día en la calle Hitchcock donde tuve la ocasión de saludar a su bella esposa?

Lord Mortimer era un aristócrata con más fama de crápula que de Drácula, cínico y bebedor, sonrió ante la perspectiva de una buena chanza.

—Por el amor de Dios, Mister Havendry, eran las diez y media de la noche y aquella "dama" estaba tan lejos de ser mi esposa como usted de una coartada convincente.

Havendry se llevaba las manos a la cabeza exagerando su malestar y enfado por ser considerado sospechoso. Viéndolo en tal estado, Jim Beane, un escritor

Norteamericano que estaba de viaje por el país y era huésped del Sir Wheatby, decidió echarle un capote.

—Si me permiten, en las tres reuniones a las que tan amablemente me han invitado no he podido evitar fijarme en un hecho curioso, el Doctor Jameson jamás prueba bocado de las viandas que tan a bien tiene ofrecernos Sir Wheatby.

—Es cierto—añadió inmediatamente Lord Mortimer— ¿A qué se debe tan poco apetito, querido doctor, tal vez a que ya está saciado de sangre humana?

—Pues ya que me obligan a confesarlo, les daré la razón que me solicitan: no pruebo bocado porque esas infumables galletitas saladas y esos dulces sólo se los comerían los cerdos y un granjero de Texas.

—Pero, ¿cómo se atreve?—contestaron al unísono Wheatby y Beane que era oriundo de Texas.

—Ustedes me han obligado con sus acusaciones. —contestó tranquilamente el doctor tras beber otro trago. Lord Mortimer sonreía visiblemente divertido ante los sucesivos enojos de sus compañeros, pero Mister Havendry decidió que ahora le tocaba cobrarse la venganza.

—Disculpen caballeros, ¿qué me dicen de Lord Mortimer? Si alguien es susceptible por su comportamiento de ser considerado un vampiro no es otro que él.

—Cierto, sus idas y venidas nocturnas. —añadió Wheatby.

—Cierto, su gusto por las damas jóvenes. —añadió Jameson.

—Cierto, su desprecio y burla por sus semejantes. —añadió Beane.

—Cierto, su decadencia y Dandismo. —apostilló Havendry.

Lejos de amilanarse, Mortimer soltó una sonora carcajada y apuró su copa de ron.

—Cierto, si no fuera porque todos los días cientos de personas me pueden ver a plena luz del día apostando a las carreras, cierto si no fuera porque algunas damas y no tan damas como su esposa, Mister Havendry, pueden atestiguar que mis mordiscos producen más que la muerte el placer y cierto si no fuera porque al único que no conocemos y del que no podemos fiarnos es usted, querido señor Beane.

Se hizo un silencio más que incómodo en el salón, mientras Havendry se servía otra copa con mano temblorosa y ojos enrojecidos de rabia y vergüenza. Beane encendió tranquilamente un puro y habló de manera firme y decidida.

—Bien, no voy a tratar de justificarme, lo mejor será que zanjemos esto de una manera empírica. Traigamos unos espejos y quien no salga reflejado en ellos será nuestro vampiro.

Todos aplaudieron la decisión salvo Wheatby, quien alegó que no había espejos en la casa debido a que había mandado todos los existentes a limpiar y reparar.

—Cielo santo, una casa sin espejos, eso le señalaría a usted claramente como nuestro chupasangre. —observó inmediatamente el Doctor Jameson.

—Oh, vamos, no sea simple, se trata de una divertida casualidad —Se apresuró a contestar Wheatby—.Se me ocurre otra cosa, traeré ajos. De todos es sabida la repugnancia de estos seres por los ajos.

De modo que pronto se dispusieron sobre la mesa cinco cabezas de ajos que los allí presentes comenzaron a engullir con ánimos de demostrar su pertenencia a la raza humana. Cuando ya todos habían acabado trataban de mostrar su compostura sin éxito y sus respectivas caras de repugnancia ante la ingestión de tan inusual tentempié provocaron una unánime carcajada que alivió la tensión acumulada.

—Bien, ahora, para disipar el mal sabor y olvidar el mal trago, tengo algo que a nuestro querido Doctor le gustará más que mis galletitas saladas. —anunció Wheatby sacando de un armario una botella de un excelente Whisky irlandés de treinta años. Todos celebraron y bebieron hasta que no pudieron más y regresaron a sus casas satisfechos y felices por el alcohol y la inusual velada.

Antes de acostarse, Beane ayudaba a Wheatby a recoger los restos que quedaban en la mesa.

—Creo que pasamos algo por alto. —comentó distraídamente mientras depositaba unos vasos en el fregadero.

— ¿Ah, sí, y de qué se trata?—contestó Wheatby a su espalda.

—Dimos por hecho que no existían los vampiros, pero no se nos ocurrió pensar que tal vez los mitos sobre ellos sean los que no son ciertos.

— ¿Como el de los ajos?—preguntó Wheatby.

—Cierto, como el de los ajos. —contestó Beane.

—Muy perspicaz, señor Beane. —añadió Wheatby enseñando unos enormes y feroces colmillos.

La lástima

...Estas malditas enfermeras, no hay manera de que hagan las cosas como se les pide, ¡cuántas veces les habré dicho que a él le gusta la cama más alta y dos almohadas en la espalda! Me doy cuenta de cómo me mira mientras voy colocando las cosas en su sitio, en su mirada se adivina cierto grado de gratitud, pero no el cariño que un padre debería mostrar por su hijo, sé que en el fondo no me reconoce, pero disimula angustiado ante las respuestas. Maldita enfermedad.

— ¿Y tu madre cuándo viene?

—Papá, no empieces, sabes que mamá murió hace años.

Otra vez esa mirada de extrañeza, no es sólo que no se acuerde de las cosas es que parece que se niegue a aceptarlas. El doctor dice que debo tener paciencia y contarle las cosas con franqueza, pero a mí se me parte el alma cada vez que me pregunta por mi madre. Dice el doctor que en un par de días me lo podré llevar a casa, ya lo he hablado con Delia y aunque se niega y me dice que estoy loco yo no pienso dejar a mi padre solo en una residencia, me da tanta lástima...

...Es increíble, como se afana en dejarlo todo perfecto, la cama a media altura, las dos almohadas, está empeñado en que es así como me gusta y yo no me atrevo a contradecirle. El doctor dice que debo insistir en mis preguntas, pero a mí se me rompe el corazón cuando me contesta. Dice el médico que en un par de días me podré ir a casa, la operación de cadera fue todo un éxito, mi mujer dice que ya me ha preparado una cena especial para ese día. No sé qué va a ser de él cuándo me vaya, el pobre está convencido de que soy su padre. Cuentan que se volvió loco cuándo falleció su verdadero padre en esta misma habitación y ahora cree que soy yo, por eso se escapa de la tercera planta, la unidad de psiquiatría, para deshacerse en cuidados. Cree que yo no recuerdo nada por el Alzheimer, no sé qué será de él cuándo me vaya del hospital, me da tanta lástima...

A cierta edad

A cierta edad la prisa es sólo un vacío

que te empeñas en alimentar

A cierta edad la memoria es un bosque sombrío

al que no apetece regresar

A cierta edad se supone que eres un hombre

derecho y que te has hecho un nombre

A cierta edad la edad es incierta

y la vida una herida abierta

A cierta edad no existe certeza

ni se acaba la incertidumbre

la escarcha cubre tu cabeza

como la nieve en la cumbre

A cierta edad uno se acostumbra

a llevar prendida la penumbra

y existe un número inmundo

que cuenta tus días en el mundo

A cierta edad la utopía

muere en manos del sarcasmo

y los años de rebeldía

son ya lejano entusiasmo

A cierta edad tener alma de poeta

va perdiendo ya la gracia

cada verso es burocracia

en el bolsillo de una ajada chaqueta

Hoy cumplo cierta edad

"tan joven y tan viejo"

y en honor a la verdad

y a lo que veo en el espejo

todavía me queda algún cartucho

y tampoco he cambiado mucho.

Solo para perdedores

Nada más que un sucio homenaje a Charles Bukowski

Siempre comienza del mismo modo. Llevas un par de semanas sobrio y entonces alguien viene a joderte. No importa que sea el jefe del asqueroso trabajo de turno, otra editorial que te dice educadamente que tus cuentos son basura o esa zorra que vive contigo y que te das cuenta que solo eras capaz de aguantar borracho. El caso es que llega un día en que ya no puedes más y abres la puerta del garito más sórdido que eres capaz de encontrar en la maldita ciudad, enfrentas la mirada reprobadora del camarero que igual ya te conoce o conoce a demasiados tipos como tú y pides una cerveza. Una simple cerveza, joder, tan solo eso, si un hombre derrotado no puede pedir una puta y simple cerveza no entiendo en qué jodido mundo estamos dispuestos a vivir.

El primer trago hace que te marees un poco pero tu garganta lo agradece tanto que con el segundo (y último trago) ya sabes que pedirás otra y un vaso de whisky. El whisky es otra cosa, es un cálido amigo que te anuncia que estás de nuevo en casa, es un lugar reconocible y agradable, mil caballos desbocados frenando en seco en mitad de tu alma.

Y seguramente hay una canción, siempre hay alguna maldita canción de esas que no querías volver a escuchar jamás. Y tal vez también haya alguien a tu lado. Alguien que parece llevar una eternidad charlando antes de que fueras consciente de su presencia y que te pide un cigarro y espera a ver si la invitas a un trago. Y entonces la miras por primera vez. Has visto a tantas como ella con un nombre inventado tan igual al de otras tantas que te preguntas si no formarán parte de un extraño ejército femenino dispuesto a acabar con todos los hombres de la tierra.

Y cuando su mano se desliza por tu pantalón y sube hasta tu bragueta tú ya estás lo bastante borracho como para decirte a ti mismo que porqué no. Y mientras deposita un rastro del desmesurado carmín de su boca en tu mejilla te dice que va un momento al baño y tú pides otra ronda antes de pagar y de pronto no sabes cómo ni porqué estás en un apartamento en Brooklyn con mucha más gente a tu alrededor. Alguien te alcanza una cerveza que bebes asqueado y pensando que venderías a tu madre por otro whisky, en lugar de eso la mujer del bar te ofrece algo de coca. Miras a tu alrededor y ves a varias mujeres y algunos tipos moviéndose cómo imbéciles intentando llevar el compás de una estridente música. Te preguntas qué demonios haces allí y te dispones a marcharte pero la mujer te agarra de la mano y te arrastra hacia su habitación. Por suerte antes consigues hacerte con una botella de bourbon que casi acabas antes de que la mujer prepare dos rayas más y te tumbe contra la cama.

Ahora que la tienes encima y puedes observarla mejor te das cuenta de que es mucho mayor de lo que aparenta y que puede que en algún momento hubiese sido hermosa, algo difícil de saber ahora bajo las capas de maquillaje. Después de todo tú tampoco eres más que un viejo y feo borracho, te dices para darte ánimos pero ya es tarde y lo sabes. Ella se desnuda mostrando un buen par de tetas que lames con avaricia mientras agarra tu polla flácida, nada, no hay manera. Hay que reconocer que la tipa es constante ya que se la mete en la boca y vuelve a intentarlo pero aquello no responde, la apartas con una disculpa y te tumbas en la cama dispuesto a terminarte la botella antes de marcharte a tu casa pero oyes como ella solloza a tu lado. Le pones una mano en el hombro y al mirarla descubres que se está masturbando. Joder, eso no te había pasado nunca, la tía está ahí a tu lado llorando mientras se mete los dedos y aquello te hace sentirte el tipo más cabrón del mundo. Sobre todo porque comienzas a excitarte y la cosa empieza a ponerse dura, la mujer contempla esperanzada tu erección y vuelve acercarse a ti pero tú sabes que si te la follas jamás podrás perdonártelo así que te levantas y te vistes dejándola allí y pudiendo notar el odio de su mirada posándose en tu espalda.

Caminas tambaleándote de vuelta a casa, vuelves a sentirte sucio e inmundo y rezas por encontrar algún sitio abierto en que tomar el penúltimo trago. Sientes una pena honda y extraña por aquella mujer, no entiendes muy bien porqué ya que debería importarte un carajo. Es una especie de punzada, de lástima por ella y por todos los que son cómo ella, por ti mismo, perdedores, fracasados, vencidos, borrachos y chiflados.

Por todos esos hermanos que nacisteis con ese estigma marcado en la frente, la sed innata, la herida jamás cicatrizada.

Das la vuelta a la esquina y el corazón te salta de alegría al ver que lo del Loco Harry todavía está abierto. Entras y saludas a un par de viejos camaradas, el antro está muy animado para esas horas de la madrugada y te olvidas pronto de oscuros pensamientos. Pagas una ronda con todo el dinero que te quedaba para pasar el mes y te sientes feliz al ver como en la mesa de billar estalla una pelea. Antes de unirte a ella brindas con el espejo, echas un buen trago y te dices a ti mismo que hay noches en que si la vida no vale la pena habrá que obligarla a que la valga.

La terrible pregunta

Entonces todo se convierte en un duelo entre la razón y la realidad, si es que se puede denominar realidad a esto que ahora me ocurre o que parece ocurrirme.

Porque la razón me dicta que es imposible, que no puede suceder lo que veo que sucede; las velas del candelabro encendiéndose o apagándose al capricho de alguna mano invisible, las puertas que se abren sin mediación de ráfaga de aire, los lamentos que proceden de lo alto de la torre, huérfanos de cualquier presencia humana...

Y de este modo recorro las estancias de este antiguo castillo al que ya contemplan cuatro siglos, hogar de todos los miembros de mi linaje que vivió tiempos mejores de esplendor y grandeza. Subo las angostas escaleras, me detengo en la sala de armas cuando creo advertir cómo una de las huecas armaduras ha movido levemente uno de sus brazos, comienzo a correr enfurecido intentando encontrar al autor de tan macabra chanza y me desespero de nuevo ante la certeza de estar completamente solo en tan decadente escenario.

Un temor gélido se apodera de mi alma, estoy convencido de que una presencia malsana me acompaña en estos días y noches eternas y no acierto a comprender su naturaleza.

Vago por mis dominios como en una ensoñación, presa del miedo y la soledad a menudo rememoro mi vida pasada cuando era dueño y señor de todas las tierras del contorno. Rico, poderoso y respetado, mi apellido era temido allende los mares hasta aquél aciago día en que una daga blandida por una amante despechada sesgó mi vida y me condenó a permanecer eternamente entre los muros de mi castillo...Pero, esperad, ¿no lo oís? ahí están de nuevo esos escalofriantes gemidos, de nuevo las puertas se abren solas y escucho pasos pesados que parecen subir la escalera...

Entonces surge la terrible pregunta que desde hace tiempo me atormenta: ¿Qué puede asustar a un fantasma?

Presencias

Señor juez:

Sé lo que usted debe estar pensando al encontrarse con, a sus ojos, tan atroz escena.

Comprendo que según sus códigos morales lo que he hecho es posiblemente lo más horrible que un ser humano sea capaz de realizar; acabar con la vida de mi mujer, las de mis dos hijos de tan sólo cinco y nueve años y con la mía propia. No obstante no soy un loco ni un psicópata, ni padezco ninguna urgencia económica o de otro tipo, a estas alturas, usted ya sabrá que soy —tal vez sería ya más adecuado usar otro tiempo verbal— era, reputado catedrático de psicología en la universidad de Northomb, felizmente casado y amante de mi trabajo.

No espero que me comprenda, ni tan siquiera que sea capaz de aceptarlo, sin embargo me veo obligado a tratar de explicarme.

Señor juez, usted lo negará, pero seguramente también le ha pasado, caminar por la calle y descubrir un rostro incómodo y taimado observándolo entre la multitud, tan sólo durante una décima de segundo, posiblemente habrá escuchado el rumor de unos pasos detrás suyo a horas intempestivas, acelerando y aminorando, siguiendo el ritmo de sus propios pasos, para, una vez reunido el valor, girarse y no hallar a nadie. Es innegable que en la soledad de su despacho habrá sentido la absoluta certeza de unos ojos fijos en su espalda, o habrá advertido esa sombra fugaz que se pierde en el pasillo.

Sí, señor juez, aunque sonría irónicamente, usted sabe que desde hace algún tiempo algo parece habitar sus noches de insomnio, esa presencia incómoda que entreabre la puerta de su habitación sin ser aire, esa respiración profunda que no pertenece a su mujer, ese reflejo extraño que devuelve el espejo cuando se lava la cara de madrugada para quitarse el miedo y llamar al sueño...

Lo sé porque a mí también me lleva pasando desde hace unos meses, a mí y al resto de mi familia y he detectado que a muchos de mis conocidos, que aunque no lo cuenten por miedo a ser tachados de locos, se les puede leer ese horror familiar y agotador en el rostro.

Por eso hice lo que hice, señor juez, porque era insoportable seguir viviendo así, con el terror y la angustia instalados en nuestras almas, porque no sé —no sabía— quienes son ni qué quieren pero sé que están aquí para quedarse y habiendo ganado la batalla contra el ser humano —antes, incluso, de que supiéramos que existía tal batalla— he decidido que mi familia y yo cambiamos de bando.

Porque, señor juez, la próxima vez que usted crea vislumbrar entre la multitud un rostro taimado, o escuchar unos pasos que caminan detrás suyo a horas intempestivas, que tenga la certeza de unos ojos fijos a su espalda o de haber visto claramente una sombra en el pasillo, se entreabra la puerta de su habitación sin corriente aparente de aire y escuche una respiración que no es la de su mujer mientras advierte un reflejo extraño en el espejo, sepa que somos nosotros, mi mujer, mis hijos, yo y todos los demás quienes estamos con usted.

¿Sonríe usted otra vez, continúa creyendo que estoy loco? Entonces dígame, señor juez, como es posible que supiera hace una hora cuándo escribí esto o incluso ahora que estoy muerto que usted estaría de pie, en mitad de la habitación con su impecable traje azul recién planchado por su mujer mientras le cae una gota de sudor frío por la frente y se le eriza el vello de su gruesa nuca cuándo le rozo con mis dedos...

La falsa muerte de Leopoldo María Panero

Mira que locos, Leopoldo,

que dicen que te has muerto

que te moriste dicen, Panero,

pero yo no me lo creo

te habrás disfrazado de muerto

porque no soportabas a los vivos

como te disfrazaste de loco

porque detestabas a muerte

a los disfrazados de cuerdos

como decidiste encerrarte

seguro que para burlarte

de los que se creían tan libres

dicen que te has muerto, Panero,

como si eso fuera posible, Leopoldo,

como si tus poemas no fueran

a vivir por encima del tiempo

como si en la furia de tus versos

no fluyera la inmortal sangre

con la que los has escrito

y el barro y la ponzoña

y el prodigio y el delirio

habitarás la condición de fantasma

Leopoldo

para visitar la casa de tu infancia

Panero

para amargar la muerte a tu familia

como te amargaba a ti la vida

para fumar y discutir con tus hermanos

para reíros juntos de nuevo

de nuestra condición de humanos

mira que locos, Leopoldo,

que dicen que te has muerto

te habrás disfrazado de muerto

como te disfrazaste de maldito

para ir en contra de todos esos

que llevan siempre disfraz de benditos

mira que locos, Panero,

que dicen que te has muerto

que debo de estar loco

porque yo no me lo creo.

La libertad de Elisa

A Elisa la sacamos de La Secta hará cosa de dos años. Recibí una llamada tremendamente angustiosa de mis tíos que pedían ayuda de manera desesperada. La chica se había largado con tan sólo dieciséis años con esos chiflados, Los Hijos de Saturno o alguna idiotez parecida. Predicaban el amor libre y la salvación de unos pocos elegidos (por supuesto ellos) en un inminente holocausto, decían que Dios era un extraterrestre que volvería a la tierra para llevarse con él sólo a quienes hubiesen visto la verdadera luz.

Mis tíos llevaban un año sin saber nada de su hija, no les estaba permitido establecer contacto de ningún tipo con ella y una especie de portavoz de La Secta se limitaba a informarles de que "la hermana Elisa" se encontraba en un estado superior de felicidad a la que ellos mismos podrían acceder si hacían caso de los folletos que oportunamente depositaba en sus manos.

Cuando recibí aquella llamada me enojé al principio por la tardanza en informarme de lo que sucedía, para algo yo era quien me ocupaba siempre de resolver los problemas en nuestra familia. Sin embargo inmediatamente me puse manos a la obra, un par de llamadas a un Juez que me debía un favor y al día siguiente varias patrullas de policía desmontaron el chiringuito de aquellos chiflados. No les cayeron muchos años, posesión de drogas y armas, retención ilegal, lo suficiente para mantenerlos un tiempo entre rejas. Y sobre todo para poder recuperar a Elisa y volver a tenerla entre nosotros.

La cosa no fue fácil, a aquella muchacha le habían lavado el cerebro de tal modo que se negaba a reconocer a su propia familia y reaccionaba de manera violenta ante las muestras efusivas y comprensibles de cariño de sus sufridos padres.

Decidí que tanto ella como sus padres viniesen a vivir a mi casa que era grande y espaciosa y situada en un terreno en el campo alejado de la multitud de la ciudad que parecía aturdirla aún más. Reposo y tranquilidad era lo que los médicos, psicólogos y psiquiatras que contraté habían recetado para su pronta recuperación.

Ahora Elisa tiene todos los cuidados que necesita y el amor de su familia del que jamás debió alejarse. Duerme mucho durante todo el día debido a las pastillas que debe tomar para tranquilizarse y todavía no permitimos que salga a la calle a no ser que sea a la Iglesia para reconciliarla con la verdadera historia de Nuestro Señor. No queremos que sus antiguos amigos vengan a visitarla para que no la conduzcan de nuevo por el mal camino y tampoco dejamos que vea la televisión ni lea periódicos o revistas con todo ese pecado y libertinaje moderno que pulula por ahí.

Sé que es duro, pero todo lo hacemos por su bien.

De vez en cuando subo a su habitación para ver si necesita algo y atenderla con todo el cariño que necesita, entonces me doy cuenta de que esa niña todavía lleva el diablo dentro, me seduce haciéndose la dormida y mostrándome su tentador cuerpo, consigue que piense en todo lo que habrá hecho con esos tipos de la secta y no puedo evitar poseerla mientras ella disimula haciéndose la estrecha. Luego, horrorizado por lo que me ha obligado a hacerle tengo que pegarle mientras le recito la palabra de Dios.

Su recuperación será lenta y dura, pero todo es por su bien, por el bien de Elisa.

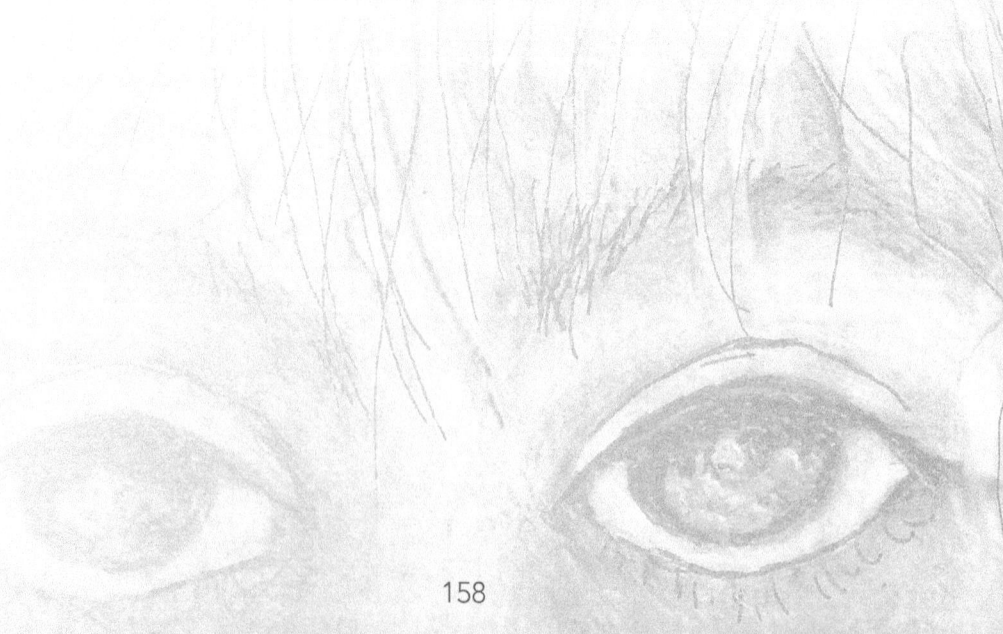

Fuego cruzado

Ojalá no tengas que verte nunca

en mitad de un fuego cruzado

entre el ruido de sables

en un lugar común y cacareado

ojalá que el ruido y la furia

y el odio y la patria y la gloria

y el disparo bienintencionado

no te alcancen con el pie cambiado

ojalá no tengas que verte nunca

en mitad de un fuego cruzado

que no te pudra la propaganda

de ninguno de los bandos

y la cruz y la venganza y la ruina

y el mal menor y el daño colateral

y el consuelo torpe de muchos

se conviertan en el pan diario

ojalá no tengas que verte nunca

en mitad de un fuego cruzado

que le levantes la falda a la verdad

para ver qué diablos hay debajo

y lo absoluto y el miedo y el honor

y el luto impostado y el dolor fingido

y Georges Washington ensangrentado

y la realidad ponzoñosa del telediario

no te agarren nunca despistado

en mitad de un fuego cruzado.

El detective y las musas

La tarde agonizaba en forma de una lluvia torrencial que parecía querer limpiar definitivamente toda la suciedad de la maldita ciudad. El agua formaba diminutos riachuelos verticales que venían a morir contra la ventana de mi despacho cuando el último marido cornudo acababa de marcharse con las fotos delatoras entre sus temblorosas manos. Me disponía a marcharme ya cuando Paula me dijo que tenía otra visita, de modo que acepté a regañadientes, más por la curiosidad que me produjo ver a aquellos cuatro tipos con aspecto totalmente desamparado aguardando en la sala de espera que por la necesidad de aceptar un nuevo caso.

Entraron taciturnos, nerviosos y casi idos, se atropellaban e interrumpían constantemente entre ellos consiguiendo que me costara enormemente entenderles. Decidí sacar la botella de Bourbon que guardaba junto a mi arma sin licencia en el cajón derecho de mi mesa y servir cinco tragos que bebieron ávidos. A la tercera vez que rellené los vasos conseguí que se calmaran un poco y sacar algo en claro. Los cuatro eran escritores y aseguraban venir en representación de todos los escritores de la ciudad ya que todos ellos padecían el mismo problema; afirmaban que desde hacía varios meses eran incapaces de escribir una sola palabra y juraban que la culpa era de las musas que se habían esfumado por completo dejándolos terriblemente abandonados.

Habían reunido todo el dinero que pudieron, evidentemente poco tratándose de escritores, y me suplicaban que hiciera todo lo posible por encontrarlas.

— Se han evaporado — dijo el poeta.

— Se las han cargado — dijo el escritor de novela negra.

— Es una conspiración — dijo el escritor de Best Sellers.

— Debe haber una explicación lógica — dijo el de narrativa.

Nunca invites a beber a un escritor apunté yo en mi libreta de notas al ver la rapidez con que se había vaciado la botella. Les dije que intentaría averiguar lo que había ocurrido y que no se preocuparan porque estaban en las mejores manos, les aconsejé que se fueran a casa y trataran de calmarse y hacer lo que hacen las personas normales, ver la tele, hablar con sus mujeres o dar de comer al canario, lo que fuese que les mantuviera ocupados mientras yo resolvía el caso. Iba a añadir que quizá fuera hora de que se buscaran un verdadero trabajo pero me mordí la lengua en el último momento.

Me subí las solapas del abrigo, me calé el sombrero y encendí un cigarro que una vez en la calle intenté proteger a toda costa del aguacero. Hacía verdaderamente una noche de perros si es que los pobres chuchos merecían dar nombre a noches como esta. Inmediatamente me vino a la cabeza Rain Dogs de Tom Waits y caminé bajo los balcones tarareándola distraídamente mientras me dirigía a La Biblioteca con la certeza de que si alguien sabía algo de todo este embrollo ese era Oliver. La Biblioteca era el garito más sórdido de la ciudad, allí se reunían la peor calaña nocturna: poetas, borrachos, vampiros, putas, escritorzuelos de medio pelo, artistas de todo tipo, poetas borrachos...Oliver era el dueño, un tipo mediocre y regordete que no paraba de sudar aunque estuviera en Siberia y alguien lo metiera en una bañera con hielo. En su juventud había intentado ser escritor y editor sin ningún éxito y ahora compaginaba la gerencia de aquel antro con el tráfico de sustancias de todo tipo y su encomiable labor de soplón tanto de la policía como de fisgones como yo.

El ambiente del local era todavía peor que el resto de noches. Una tristeza y melancolía latentes parecían impregnar el humo del recinto, los poetas se apoyaban tristes en la barra frente a varios tragos y una libreta en blanco presas de un silencio delator que les otorgaba tal grado de vulgaridad que ninguna de las mujeres que solían rodearlos ansiosas de ser protagonistas de un poema o de un buen verso que tener entre sus piernas osaba ahora acercarse a ellos ni a medio metro. La banda de Jazz que era lo único decente que se podía encontrar en La Biblioteca bebía y fumaba ausente, los músicos sentados en el escenario con sus instrumentos apoyados en el suelo o apenas sujetados vagamente como armas que soldados mostraran flácidas ante la inmediatez de la derrota. El pintor que soñaba algún día con exhibir en una galería mientras retrataba a los parroquianos por la voluntad hoy no había abierto ni el caballete y se dedicaba a beber tragos cortos de su cerveza mientras se miraba absorto las manos.

Oliver se mostró aquella noche muy solícito a hablar, dijo que aquello era una verdadera tragedia que iba a hundirle el negocio y que solo yo podría solucionarlo. El grotesco individuo sugirió mientras se secaba la frente con una cosa repugnante que en algún momento debió ser un pañuelo que tratara de encontrar a una mujer que antes frecuentaba asiduamente el local, dijo que si había una sospechosa de haber hecho desaparecer a las musas era ella. Se rumoreaba que había sido amante de infinidad de escritores, incluidos los cuatro que acudieron a mi despacho, y solía hablar de todos ellos con un desprecio y amargura infinitos, sin embargo parecía presa de una adicción malsana hacia ellos que la arrastraba de manera irremediable a entablar relaciones íntimas con esa gente. Relaciones que según Oliver solían acabar mal, con ella humillándolos y repudiándolos y ellos arrodillándose a sus pies rogando otra oportunidad. Añadió que no me costaría encontrarla, pelirroja, alta, con un cuerpo escultural que no pasaba desapercibido y una pequeña hada tatuada en su tobillo izquierdo. Era una habitual de la noche de la ciudad.

Sin duda era una buena pista que seguir de modo que recorrí varios locales en busca de aquella mujer, en todos afirmaban conocerla y las historias del barman o las camareras resultaban más o menos similares a lo que Oliver me había contado. Incluso en un par de ellos me aseguraron que acababa de marcharse y en el último, El Revólver, creí intuir que me observaban desde la puerta y al girarme tan solo pude ver el vago vuelo de un abrigo perdiéndose fugaz en la noche. Apuré mi último trago y decidí regresar a casa cansado de perseguir fantasmas, aquella no parecía ser mi noche, ni la de nadie.

A la mañana siguiente la lluvia había cesado pero el poso de tristeza que había traído con ella continuaba allí. De camino al despacho pude observar cómo la gente arrastraba sus pasos con esfuerzo presas de un extraño desánimo, como si portaran un tremendo e invisible peso sobre sus espaldas. Pero lo peor fue descubrir aquí y allá a varias personas deambulando con la mirada perdida en algún punto del infinito, vagaban sin rumbo como una especie de Zombies o yonquis en busca de su dosis. Supe de inmediato que se trataba de artistas que habían perdido la inspiración y no pude evitar una profunda repulsión hacia ellos. Tenía mucho de justicia poética verlos ahora reducidos a eso, ellos que tan especiales se creían todo el tiempo.

La lluvia regresó con timidez como queriendo anunciar lo que se avecinaba ya que tan solo unos minutos después la puerta del despacho se abrió con brusquedad y ella apareció como un ángel enviado desde el mismo corazón del infierno. Paula murmuró alguna disculpa desde la estatura mínima a la que la espalda de aquella mujer acababa de reducirla que yo acallé con un gesto. Aquella mujer. Supe de inmediato quien era y creo que ambos supimos también nada más vernos lo que iba a suceder entre nosotros. Era muy alta, con un cuerpo que habría hecho pecar al más puritano de los hombres pero que también podía intimidar por su voluptuosidad y corpulencia. Su pelo era un rojo incendio eterno al igual que sus labios y sus ojos eran verdes como la esperanza que perdería cualquiera que cayera atrapado en su mirada. La corta falda obligaba a deleitarse con unas piernas infinitas y perfectamente torneadas. En el tobillo izquierdo se podía contemplar una pequeña hada, quizá como dando fe de que aquella belleza tan solo podía ser fruto de la magia.

Se sentó frente a mí aceptando un Bourbon con hielo y comenzó a contar su historia. Dijo que sabía que andaba tras ella y que había preferido presentarse voluntariamente para demostrar que era inocente. Yo le contesté que no era policía y que tan solo quería hacerle algunas preguntas. No, ella no sabía qué demonios había pasado con las musas de la ciudad pero no podía evitar alegrarse, encendió un cigarro mientras mostraba una mueca amarga que quería ser sonrisa, comprendía que aquello la hacía parecer todavía más sospechosa pero no le importaba, necesitaba ser sincera. Sí, era cierto que sentía una debilidad especial por los escritores que la hacía sentirse muy desgraciada, afirmó que era como una suerte de adicción que la obligaba a sucumbir enamorada ante esos tipos para luego terminar siempre igual; harta de que su "oficio" siempre fuera lo primero, de la soledad a la que la relegaban en su cama tan solo acompañada del irritante sonido de las teclas del ordenador o la máquina de escribir, de las infidelidades o simplemente la infantil forma de dejarse adular por las fans que pululaban como moscas siempre a su alrededor, del alcohol, de los viajes, de la envidia hacia sus compañeros, de la capacidad de autodestrucción de la mayoría de ellos o sus inseguridades...en fin, terminó suspirando y alegando que podría continuar así todo el día. Dijo que ahora se alegraba de verlos así, de esa especie de justicia poética (utilizó exactamente la misma expresión que yo) que paliaba un poco todo el daño que ella había recibido.

Al oírla hablar me dije que tenía que tener cuidado, que era fácil que acabara enamorándome de ella. Seguimos hablando durante horas, cuando la invité a comer ya ninguno de los dos parecíamos interesados en el caso, de hecho pronto lo olvidamos para centrarnos cada uno en el otro y en la irresistible atracción que sentíamos. Al anochecer nuestros cuerpos ya se enredaban sobre mi cama.

Una luna inmensa iluminaba la habitación cuando algo hizo que me despertara de madrugada. Ella no dormía a mi lado pero su ropa y su bolso continuaban esparcidas por el suelo. Traté de tranquilizarme pensando que habría ido al baño pero en mi pecho noté aquella punzada familiar de cuando tenía un mal presentimiento. Busqué mi pistola en el cajón de mi mesilla de noche pero no estaba, me levanté y confirmé mis sospechas cuando vi abierta la puerta que daba al sótano y la luz encendida abajo. Bajé lentamente las escaleras.

Ella temblaba desnuda sujetando con ambas manos la pistola. Puedo jurar que no existe nada más bello en el mundo que una mujer desnuda con una pistola, lamenté tener que arrebatársela con un rápido movimiento, al igual que lamenté todo lo que podríamos haber sido juntos antes de cogerla por el cuello y encerrarla junto a las otras. En ese momento comprendí que su tatuaje no era el de un hada sino el de una musa, como ella. Sus ojos verdes más que el terror que sus gritos emitían, como los de todas, parecían preguntarse por qué.

Muy fácil, dije mientras cerraba los candados de la jaula, porque odio con todas mis fuerzas a los escritores y, sobre todo, porque de otro modo me hubiera sido imposible escribir este cuento.

Sigan circulando

Adormilada. La carretera es una infinita serpiente de un gris vago que a veces, pocas, se bifurca o eleva. El coche rojo que parece ocupado por un grupo de jóvenes lleva ya un buen rato delante de vosotros y cada vez está más cerca, como si lo estuvierais persiguiendo o, se te ocurre absurdamente, como si fuese él quien os siguiera por delante. Los niños en el asiento trasero por fin se han callado, la pequeña duerme profundamente y el mayor está completamente concentrado en el videojuego de su Tablet. El rumor monótono del fútbol en la radio (no te importa ¿verdad? es una jornada importante) ejerce sobre ti un peso insoportable sobre los párpados y el paisaje a ambos lados hace años que dejó de ser interesante.

El grito espontaneo (GOL) te sobresalta justo cuando comenzabas a soñar con algo que olvidas antes de comenzar a recordarlo. (Perdona) la mano se asoma por la ventanilla y se cierra en un puño triunfal que es respondido aquí y allá por un par de bocinazos jubilosos. Ahora apenas os movéis y el coche rojo está casi pegado a vosotros, los chicos de dentro no paran de reír y agitar las bufandas del equipo. Compruebas con un vistazo rápido por el espejo interior que ni la pequeña se ha despertado ni el mayor se ha inmutado. También que detrás de vosotros una hilera de coches que apenas avanzan se han unido a la aburrida persecución.

(Tiene que haber pasado algo). Descartas la posibilidad de dormirte de nuevo y optas por bajar la ventanilla y aprovechar para encender un cigarro. Agradeces el aire fresco del tardío mediodía. El paisaje tantas veces visto bajo el prisma deforme de la velocidad adquiere de pronto una realidad impropia. Algún rayo de sol perezoso decide incrustar su reflejo en tu pulsera de plata. Miras hacia delante más por inercia que por curiosidad, te parece ver unas luces unos metros más adelante, sí debe haber sucedido algo. Le miras, está más atento al locutor de radio que al propio atasco. No dices nada. Abres el bolso y compruebas la hora en el móvil, hay tres mensajes y una llamada perdida. No los lees.

Por fin el coche progresa de manera continua aunque todavía demasiado lenta. El primer Guardia Civil está unos pasos delante de la ambulancia, indica que hay que desviarse un poco del carril derecho pero no es eso lo que causa el embotellamiento. Como siempre es la mirada morbosa de los conductores que ralentizan la marcha casi de manera inconsciente al pasar junto al accidente, con ese alivio íntimo de saberse a salvo. Tú también miras. Ves el vehículo de la Guardia Civil y un poco más allá otro de la policía. El turismo negro con el morro retorcido hacia dentro, como pellizcado por el capricho de un bebé gigante que no calcula su fuerza. Ves al hombre mayor sentado en la ambulancia con una venda en la cabeza, hablando aturdido. Ves un poco más allá el revoltijo de hierros que antes fue una moto contra el quitamiedos. Intuyes bajo el papel dorado —

como un envoltorio de regalo para la muerte — la figura de un hombre cuya mano sobresale mostrando la manga manchada de una cazadora de cuero. Ves el charco de sangre, los cristales rotos. Ves un poco más allá la bota vaquera grotescamente huérfana del resto del cuerpo.

(Buff, ese no lo cuenta). El automóvil deja atrás la terrible escena, comprendes que todo eso lo has visto en unos pocos segundos, que es tu mente quien trata de recomponer las piezas que faltan, que todo lo observado pertenece ya al recuerdo y el recuerdo siempre engaña. Notas que algo informe te va creciendo por dentro, algo que nace desde lo más profundo de tu estómago y va subiendo de manera precipitada. Como una detective frenética intentas reunir las pruebas que parecen de serie de televisión barata, demasiado expuestas, demasiado claras. No sabes ni cómo eres capaz de pedirle que pare el coche justo a tiempo de apoyar las manos en el quitamiedos —en el mismo quitamiedos — y vomitar hacia el otro lado de la carretera con todas tus fuerzas.

Casi agradeces el vómito incesante que disfraza las lágrimas. Aprovechas el momento para terminar de manera vertiginosa el horrible inventario: la moto inconfundible con la que exhibía aquella rebeldía infantil y estúpida que en el fondo te excitaba, la chaqueta de cuero que te dejaba aquel profundo olor a piel cuando lo abrazabas, la facilidad con la que se desprendía de las botas vaqueras nada más tumbarte en la cama del hotel, la pulsera de plata idéntica a la tuya (le dijiste a él que te la habían regalado las compañeras de trabajo) en la que hace tan solo unos segundos se incrustaba un rayo de sol perezoso que no distingue entre la vida y la muerte...

Otra voz se ha unido a la de él que no ha parado de llamarte por tu nombre y preguntarte si estás bien. (Ha debido impresionarle el accidente), cierras los ojos un segundo más antes de intentar no caerte al suelo tratando de regresar al coche. Un Guardia Civil en moto se ha acercado a comprobar qué estaba ocurriendo. Te sientas de nuevo en tu asiento sin articular palabra. Él te pregunta si ya estás mejor (¿Estás mejor, cariño?) mientras acaricia tu pierna. Asientes ausente. El Guardia Civil realiza también un gesto afirmativo antes de poner de nuevo en marcha su moto y decir con voz neutra: Sigan circulando. Tú te preguntas cómo demonios vas a ser capaz de hacerlo a partir de ahora.

Fin de año

Mira, mira bien

no hay nada de literatura aquí

apenas belleza

mira, solo verás un hombre herido

no se puede gritar más alto

gastando tanto silencio

el teléfono suena otra vez

pero no es ningún amigo

mira cómo me desangro en vano

juntando palabras hambrientas

alimentando mi ridícula colección

de palmaditas en la espalda

no existe tregua para el impostor

cuando la vida te dice lo que se adeuda

ni justicia poética si se llega muy justo

al desoficio de poeta

mira, no encontrarás milagros

de última hora, ni giros de guion

mira bien, esto no es una canción

es el último estertor del ahogado

mientras la gente en la calle

se empeña en ser gente

mira, busca bien si quieres

no hallarás una frase gloriosa

con la que adornar mi epitafio

esto no es más que el final de un plazo

un brindis bastardo con copas de fango

para celebrar que se acaba el año

Un gran profesional

Decide sobreponerse, levantarse y hacer su trabajo, superar el vértigo abismal. Primero debe limpiar su propio vómito, dejarlo todo de nuevo impoluto, conseguir vencer el temblor de sus manos, sabe que no puede abrir las ventanas para que entre aire puro ni utilizar un ambientador demasiado agresivo. Sabe que hace frío, pero él siente un calor interior fuerte y pegajoso, elige las fórmulas más indicadas, aplica las cantidades necesarias, trata de evitar lo inevitable, de aparentar lo imposible.

Utiliza diversos pinceles, jabón, adhesivo, algodón, maneja con destreza de artesano las tijeras, la cuchilla, la espátula, el yeso, ahora consigue estar concentrado en su obra, ya nada le distrae, el miedo y el vértigo han huido, tal vez los ahuyentó el trabajo firme, seguro, la noche afuera que los llama.

Decide que estaría bien un poco más de polvos, observa el resultado y sabe que ya ha acabado, no puede evitar derrumbarse de nuevo, lucha por erguirse de nuevo, espera, todavía falta algo.

La gente se maravilla, alaba su obra, sus compañeros se sorprenden y se preguntan quién lo ha hecho.

— Es como si fuese uno de sus trabajos. — dice uno de ellos.

— Es como si todavía estuviese vivo. — gime una señora con lágrimas en los ojos.

Sólo entonces comienza a desvanecerse.

Hombre que espera
(con mar al fondo)

No importa la época del año, apenas despunta el alba el viejo ya ocupa su sitio en la orilla de la playa. Sentado en su desgastada silla de plástico observa sin inmutarse lo que a veces es una calmada lámina de cobalto y otras furiosa lucha entre dragones de espuma. A veces camina, con el agua hasta la cintura lamiendo su pantalón de tela, portando una red de pesca a la espalda. Pero no son peces lo que busca sino alguna forma extraña de redención, un mensaje encriptado que lo absuelva, quien sabe si una respuesta.

Por eso recoge todo lo que la marea vomita sobre la arena y lo estudia con detenimiento antes de desecharlo o llevárselo consigo para posteriores análisis. En verano se enfada y recrimina a los niños turistas que todo lo alborotan entorpeciendo su faena mientras los padres lo miran con la lástima aprendida y ensayada que dedican al que parece situarse al margen de su normalidad.

En invierno soporta estoicamente las tormentas y el frío que se abre paso entre los infinitos surcos de su rostro con intención de huésped eterno sin invitación. Pasa las horas inmóvil, zafado en su impermeable negro, sentado y esperando que amaine para comenzar el absurdo inventario de restos de naufragios lejanos que la mayoría de veces no es más que el desprecio lanzado por la borda desde los yates de recreo. Visto desde lejos parece un bulto olvidado por unos contrabandistas sorprendidos en su nocturna y sospechosa tarea.

Hoy vino a verlo su hijo y trajo con él su cara de honda preocupación. Se sentó a su lado durante unas horas y dijo las mismas palabras de siempre que volvían a golpear contra el muro pétreo del rostro quemado por el sol del viejo. Pronunció de nuevo "triste accidente" y "ella no volverá" y también "te necesitamos" es posible que dijera "deja de culparte" o "ven a casa con nosotros". Lo cierto es que lo que dijo no importa mucho ya que no surtió efecto alguno en su padre que fijaba sus ojos empecinadamente azules en algo que flotaba acercándose a la orilla.

Sin embargo sí importaba lo que su hijo había hecho antes de acercarse a hablar con su padre y que ahora sentado en el coche y observando desde la distancia barruntaba con remordimiento. Sabiendo que su padre no le escucharía se había jugado todo a una sola y arriesgada carta. Vio como el viejo se levantaba con esfuerzo, encorvado y gastado y culpable, y lo recordó cuando él era solo un niño, aquella figura imponente que tanto lo atemorizaba cuando le reprendía por haber falsificado de nuevo la letra de su ahora difunta madre para contestar a una nota de sus profesores.

El viejo había encontrado la botella de vino que dentro contenía un mensaje. Nada más comenzar a leer las lágrimas recorrieron el camino facilitado desde sus ojos por los surcos de su rostro como si el huésped hubiese sido expulsado y se marchase derrotado y derretido. Reconoció de inmediato la letra de su mujer, aquella que el mar le había arrebatado hace cuatro años por culpa de una maniobra temeraria que él realizó con el timón de la barca. Y puede que leyera "yo estoy bien" y "deja de esperarme" o tal vez "deja de culparte" y "nuestro hijo te necesita" seguramente habría un "te amo" y un "pronto volveremos a estar juntos".

El hijo sale corriendo del coche maldiciéndose a sí mismo en cuanto contempla como su padre se adentra indolente en el mar con la firmeza de quien va al encuentro de algo que lleva demasiado tiempo esperando. No había imaginado aquella reacción y cuando es capaz de llegar hasta la playa y sumergirse en el agua es demasiado tarde. Lo intenta hasta que sus pulmones gritan basta pero ni tan siquiera es capaz de encontrar el cuerpo ahogado. El equipo de rescate que llega más tarde dice que quizá en unos días, con el mar ya se sabe.

No importa la época del año, apenas despunta el alba el hijo ya ocupa su sitio en la orilla de la playa. Sentado en su desgastada silla de plástico observa sin inmutarse lo que a veces es callado rumor y otras maldición y desafío de dioses. Nadie sabe qué espera, quizá alguna forma extraña de redención, tal vez una botella de cristal que contenga algún mensaje que no lo culpe o al menos lo perdone.

Indice

Este libro se terminó de editar

el 18 de Mayo de 2014

al cuidado de Alacena Roja

en Ceutí

Alacena

roja

Edición digital

JAVIER VAYÁ ALBERT

(España, 1973). Es escritor y blogger autodidacta aunque ha desempeñado diversos trabajos ajenos al mundo de la literatura. Apasionado del mundo del cine y lector compulsivo ha colaborado escribiendo sobre el séptimo arte y literatura en diversos medios digitales como Cinetelia, Astrolabium o Achtungmag y actualmente en Papel de periódico y La huella digital. Publica una columna quincenal de opinión en Entre Tanto Magazine. Desde el 2009 administra el blog Actos invisibles en el que publica relatos, poemas y reflexiones personales. Su cuento "La fuerza de la costumbre" fue uno de los ganadores del concurso "Ciudad Mínima" y forma parte de la antología digital del mismo nombre coordinada por Adelaida Míjar en la que también participan autores consagrados como Alberto Chimal y Andrés Neuman.